作家榜®经典名著
★ ★ ★ ★ ★ ★ ★ ★
读经典名著，认准作家榜

大方
sight

まんようしゅう

万叶集

Ⅱ

[日] 大伴家持 辑　金伟 吴彦 译

中信出版集团 | 北京

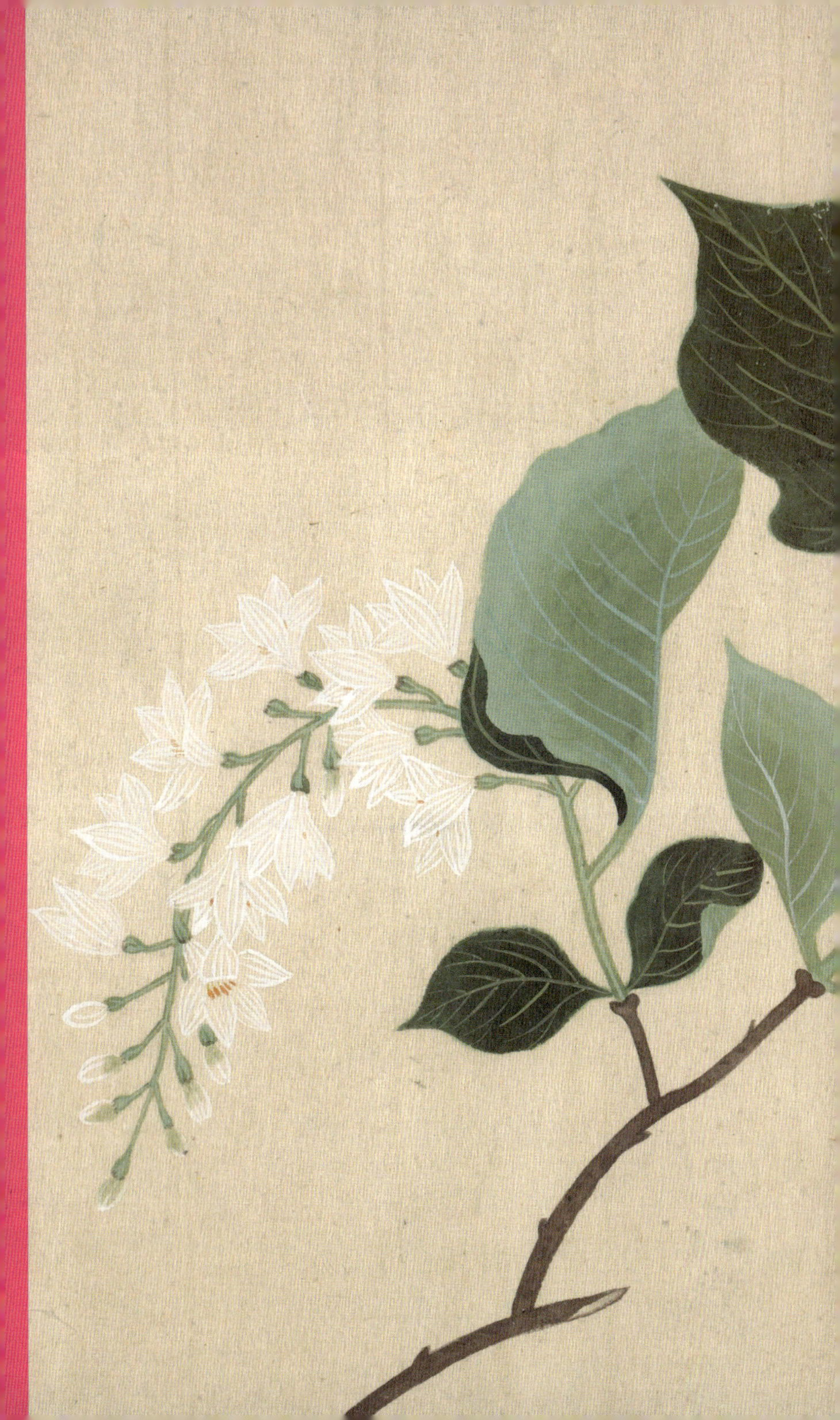

目 录

卷 五　793—906　　001

卷 六　907—1067　　091

卷 七　1068—1417　　211

卷 八　1418—1663　　375

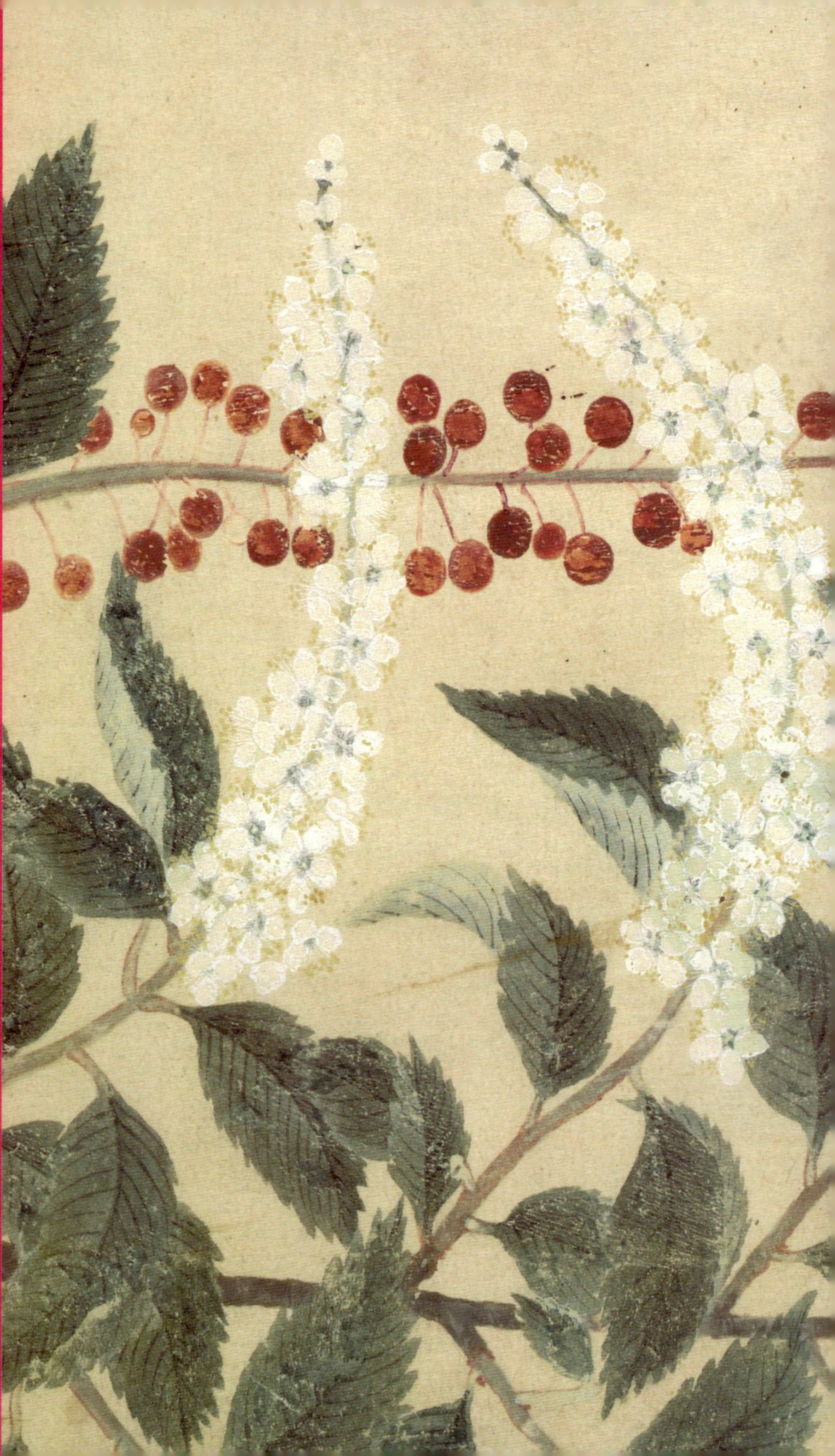

卷五

鴎　神坂雲佳

杂 歌

大宰帅大伴卿[1]报凶问歌一首

（笔不尽言，古今所叹。）

　　祸故重叠[2]，凶问累集。永怀崩心之悲，独流断肠之泣。但依两君大助，倾命才继耳。

793　悟得万物皆空时
　　　心中愈加悲伤

神龟五年[3]六月二十二日。

盖闻,四生⁴起灭⁵,方梦皆空,三界⁶漂流,喻环不息。所以,维摩大士⁷,在于方丈,有怀染疾之患;释迦能仁⁸,坐于双林,无免泥洹之苦⁹。故知,二圣¹⁰至极,不能拂力负之寻至;三千世界,谁能逃黑暗之搜来。二鼠竞走¹¹,而度目之鸟旦飞;四蛇争侵¹²,而过隙之驹夕走¹³。嗟乎痛哉!红颜共三从¹⁴长逝,素质¹⁵与四德¹⁶永灭。何图偕老违于要期,独飞生于半路。兰室屏风徒张,断肠之哀弥痛;枕头明镜空悬,染筠之泪逾落。泉门¹⁷一掩,无由再见。呜呼哀哉!

爱河波浪已先灭,
苦海烦恼亦无结。
从来厌离此垢土,
本愿托生彼净刹¹⁸。

1. 大宰帅大伴卿:大伴旅人,前出,见卷三·388注释。
2. 祸故重叠:指疾患和妻亡等事件。
3. 神龟五年:728年。
4. 四生:指佛说的卵生、胎生、湿生和化生。此指宇宙间所有的生物。
5. 起灭:即生死。
6. 三界:即欲界、色界、无色界。自《法华经》开始的佛典常用语。
7. 维摩大士:对《维摩经》所说者维摩诘的敬称。
8. 能仁:释迦的别称。
9. 泥洹之苦:这里指死亡的痛苦。
10. 二圣:指释迦和维摩诘。
11. 二鼠竞走:喻时间飞逝。《佛说譬喻经》中有"黑白二鼠以喻昼夜"。
12. 四蛇争侵:将构成万物的四大元素地、水、火、风比喻为毒蛇。四元素相侵引起疾病和死亡。
13. 过隙之驹夕走:此句出自《庄子·外篇·知北游》:"人生天地之间,若白驹之过隙。"
14. 三从:语出《礼记·郊特牲》:"妇人,从人者也,幼从父兄,嫁从夫,夫死从子。"
15. 素质:指妇人姣美的肌肤。
16. 四德:语出《礼记·昏义》:"妇人先嫁三月……教以妇德、妇言、妇容、妇功。"
17. 泉门:黄泉之门。
18. "从来厌离此垢土"二句:出自佛经中"厌离垢土"和"欣求净土"。净刹,即净土。

日本挽歌[1]一首

794
远离大君的官厅
如同哭泣的孩子
跟随到了筑紫国
还没有歇息
也没过上几天
出乎人的意料
倒卧在病榻上
不知该说什么
不知该做什么
无法向石木询问
如果留在故乡
会安然无恙
恨阿妹薄命
我该如何是好
我们曾立下誓言
像鹈鹕成双成对
可是事与愿违
你竟离家远去

---

1. 日本挽歌：指相对于上面的汉诗文，用日语写成的挽歌。作者山上忆良站在旅人的角度，唱出友人丧妻的悲哀之情。

在那阵雨里 竹内栖凤

反 歌

795　回到家中后
　　我该怎么办
　　同床共枕的卧室
　　让人感到孤独

796　令人无比惋惜
　　随我而来的你
　　心中多么哀伤

797　多么遗憾啊
　　如果早知如此
　　要让你饱览
　　筑紫的山河

你看的苦楝花　　798
已经开始凋零
我的泪水未干

云雾笼罩大野山¹　　799
是我的叹息
随风化成云雾

神龟五年²七月二十一日，筑前国守山上忆良上。³

---

1. 大野山：今大城山，位于福冈县筑紫郡大野町。
2. 神龟五年：728年。
3. 左注说，此为山上忆良所作。山上忆良献给旅人的有汉诗一首、序及日本挽歌（包括五首反歌）。

令反或情¹歌一首并序

　　或有人,知敬父母,忘于侍养,不顾妻子,轻于脱屣,自称倍俗²先生。意气虽扬青云之上,身体犹在尘俗之中。未验修行得道之圣,盖是亡命山泽之民。所以指示三纲,更开五教³,遗之以歌,令反其或。歌曰:⁴

800　敬父母爱妻儿
　　这是世间常理
　　像被粘住的鸟儿
　　难以摆脱羁绊
　　不知去向何方
　　像抛弃敝履一样
　　离家出走的人
　　是木石所生吗
　　快说出你的名字
　　如果你去到天上
　　任你逍遥自在
　　地上有大君支配
　　日月照耀之下
　　穷极天云之处
　　是大君文明的国度
　　不能为所欲为

801　去天上的路途遥远
　　应该归来理家业

鸟与杂草　柴田是真

1. 令反或情：使不正之心得以转变。反映出山上忆良儒教的政治态度。或情，即感情，违背社会道德的不正之心。
2. 倍俗："倍"是误字，应该是"背"。背俗者，即当时社会上扰乱社会秩序、怠误农事的一类人。
3. 五教：即五常。
4. 歌名下的这段文字是歌序。

思子等歌一首并序

释迦如来,金口正说,等思众生,如罗睺罗[1]。又说,爱无过子[2]。至极大圣,尚有爱子之心。况乎世间苍生,谁不爱子乎。

802　吃香瓜想起孩子
　　　吃栗子还是惦念
　　　是什么因缘啊
　　　浮现在我的眼前
　　　让我无法安眠

反　歌

803　无论金银宝玉
　　　什么样的宝物
　　　能和孩子相比

---

1. 罗睺罗:释迦牟尼出家前生的儿子。
2. 爱无过子:此并非释迦牟尼之语,山上忆良的表达有误。另外,《最胜王经》中有"我爱子""我所爱子""我最小所爱之子"的用语。此外,《杂阿含经》中某王有"所爱无通子"的语句。

母子　上村松園

哀世间难住歌一首并序

易集难排，八大辛苦[1]。难遂易尽，百年赏乐[2]。古人所叹，今亦及之。所以因作一章之歌，以拨二毛[3]之叹。其歌曰：

804　世上最无奈的事
是岁月的流失
随之而来的
是无尽的烦恼
少女们在青春妙龄
手腕上佩戴着美玉
一同携手游戏
可时光无法停留
曲卷飘逸的黑发
终究要染上白霜
粉红娇嫩的面容
从何处来的皱纹
威武的年轻人
腰挎长剑大刀
手握狩猎的弓箭
枣红马配倭纹鞍
终日四处游荡
推开少女的房门
张开双臂交欢
良宵能有几度

便弯腰手拄拐杖
去那里让人厌烦
来这里让人憎恶
　老境就是如此
　百般爱惜生命
　可是回天无术

---

1. 八大辛苦：出自《大般涅槃经·圣行品》，指人间痛苦的根源。
2. "难遂易尽"二句：此二句意为，难遂易尽之事乃长寿常乐之事。
3. 二毛：即黑发与白发，黑发中出现白发，开始衰老之意。出自西晋潘岳《秋兴赋》："余春秋三十有二，始见二毛。"

樱花山水　桥本雅邦

反　歌

想如同亘古的巨岩　　**805**
　　可是世间无常
　　想留也留不住

神龟五年[1]七月二十一日，于嘉摩郡[2]撰定，筑前国守山上忆良。

---

1. 神龟五年：728年。
2. 嘉摩郡：《和名类聚抄》中可见"筑前国嘉麻郡"的记录。明治二十九年（1896年）时与穗波郡合并，改名为嘉穗郡。

伏辱来书，具承芳旨。忽成隔汉之恋，
复伤抱梁之意。唯羡去留无恙[1]，遂待披云[2]耳。

歌词两首

（大宰帅大伴卿。）

806　现在想有匹龙马[3]
　　往返于都城奈良

807　现实中无法相逢
　　请在梦中常相会

1. 去留无恙：出自唐代张鷟《游仙窟》："恨别易会难，去留乖隔。"指有情人离散。
2. 披云：出自《晋书·乐广传》(《艺文类聚·天部·雾》)："披云雾睹青天。"指与友相会。
3. 龙马：《周礼》夏官注有"马八尺以上为龙"。南朝梁陈徐陵《玉台新咏》中可见同用语。

◎ 卷五·806、807 两首相闻歌是大伴旅人为回复奈良某友人来信而写的歌。序中提到的"来书"既没有收录在集中，也未标明歌是写给谁的。但从序文中的"隔汉之恋""抱梁之意"来看，对方可能是为女性。

答歌二首

我也寻求龙马　　808
为了来奈良的人

无法直接见面　　809
这样的日子太长
　不离开枕边
　总在梦中相见

◎ 这两首歌是写信给旅人的某位友人答赠旅人的歌。卷五·808 承接卷五·806，卷五·809 承接卷五·807。

大伴淡等[1]谨状梧桐[2]日本琴[3]一面

（对马结石山[4]孙枝[5]。）

此琴梦化娘子曰："余托根遥岛之崇峦[6]，晞[7]干[8]九阳[9]之休光[10]。长带烟霞，逍遥山川之阿；远望风波，出入雁木之间[11]。唯恐百年之后，空朽沟壑。偶遭良匠，削为小琴。不顾质粗音少[12]，恒希君子左琴[13]。"即歌曰：

810　我何时能枕在

知音的膝上

1. 大伴淡等：旅人的汉风式表记。
2. 梧桐：岩波书店《日本古典文学大系》认为即是桐。
3. 日本琴：又称倭琴，弦数原来不定，后来固定为六根弦。
4. 结石山：位于长崎县上县郡上对马町河内（靠近对马北岛北端）西部。
5. 孙枝：从主干侧生出的幼枝。
6. 遥岛之崇峦：指结石山。
7. 晞：同"晒"。
8. 干：指树干，制作琴的原材。
9. 九阳：即太阳，语出南朝宋范晔《后汉书·仲长统传》："九阳代烛。"
10. 休光：即美丽的阳光。
11. 雁木之间：典出《庄子·山木篇》，山中无用之材逃脱被伐的命运，不鸣之雁被杀的故事。此处意指制琴之材处于被伐与不伐的境地之间。
12. 质粗音少：作为乐器的质地粗糙，音量小。
13. 左琴：语出西汉刘向《列女传·贤明传》："左琴右书，乐亦在其中矣。"

◎这是旅人写给藤原房前的书状。房前当时四十九岁，比旅人小十六岁，任正三位中纳言，在藤原家四个儿子中是最温厚的一位，深得旅人的喜爱。于是赠日本琴一面，又添书柬。琴在旅人的梦中化成女子，讲述了自己的由来。文中多处模仿了三国曹魏嵇康《琴赋》、唐代张鹭《游仙窟》的语句和表达。

仆[1]报诗咏曰

不言语的木头　　811
　一定能成为
君子熟识的琴

1.仆：相对于"娘子"，旅人对自己的称谓。

不来的人　高畠华宵

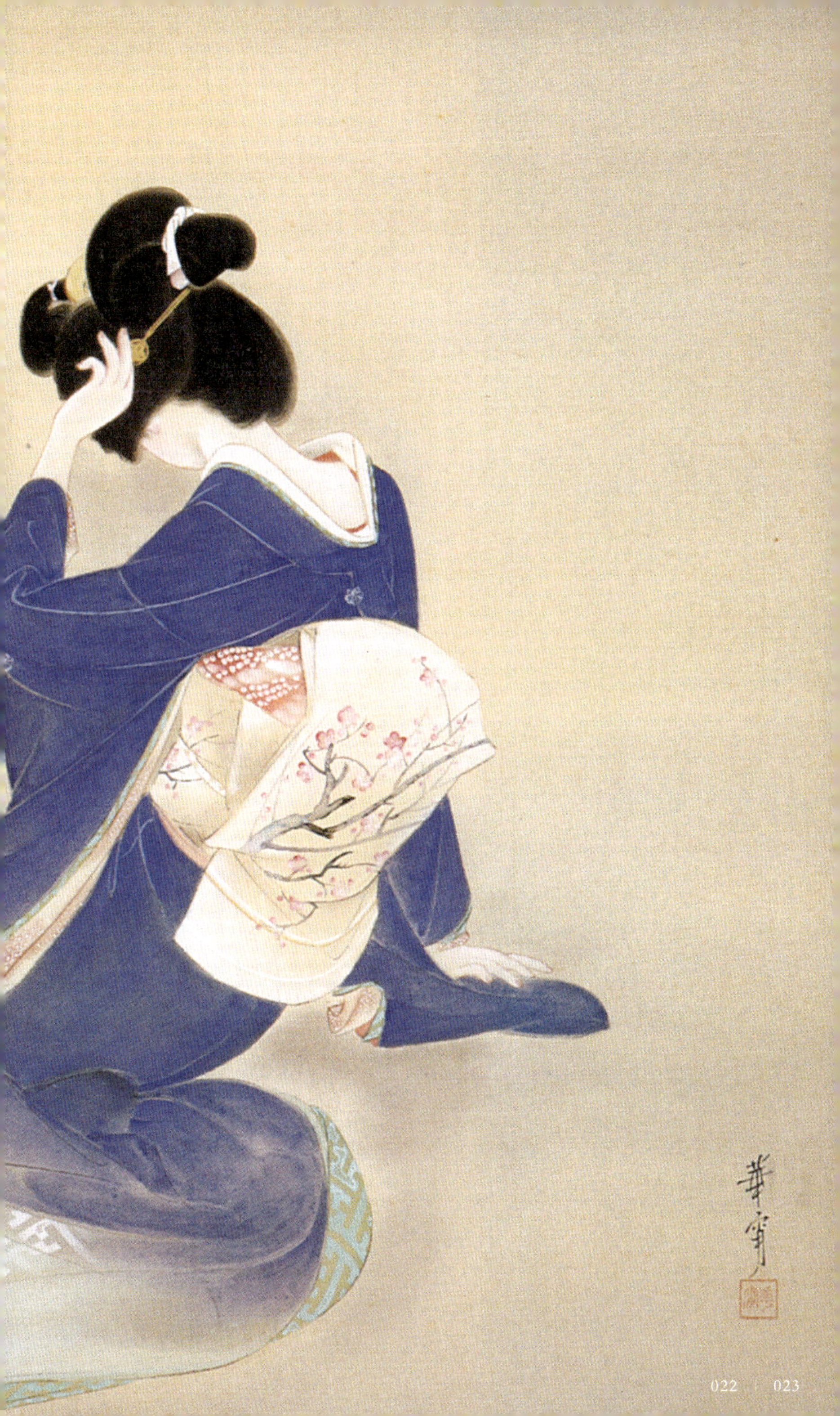

琴娘子答曰

　　敬奉德音。幸甚幸甚。片时觉,即感于梦言,感慨不得止默。故附公使[1],聊以进御耳[2]。
(谨状不具)
天平元年[3]十月七日　附使进上
谨通　中卫高明阁下[4]　谨空[5]

1. 公使:即官史,下面房前的返信中提及大宅大监因事上京,旅人很可能将琴与书状托此人交给了房前。
2. 聊以进御耳:出自三国曹魏嵇康《琴赋》:"进御君子,新声嘹亮,何其伟也。"
3. 天平元年:729 年。
4. 中卫高明阁下:指藤原房前。中卫,即中卫府。高明阁下,为敬称。
5. 谨空:同"不具""谨通",都是书函结尾处的谦敬用语。

◎ 此是琴娘子对房前说的话。

跪承芳音，嘉欢交深。乃知，龙门之恩[1]，复厚蓬身[2]之上。恋望殊念，常心百倍[3]。谨和白云之什[4]，以奏野鄙之歌。房前谨状。

不言语的木头

你熟识的琴

怎能放在地上

十一月八日[5]　附还使大监[6]
　　　　　　谨通　尊门[7]
　　　　　　　　记室[8]

1. 龙门之恩：是对旅人的尊敬表达。
2. 蓬身：喻自身。
3. "恋望殊念"二句：异常强烈的思念超过平常之心百倍。
4. 白云之什：指旅人送来的书信及和歌。白云，指遥远的筑紫。什，即诗歌。
5. 十一月八日：距旅人前一封书信大约三十日后。
6. 还使大监：即因差上京的大宰大监，可能是大伴百代。
7. 尊门：对收信人的尊称。
8. 记室：即书记，书信结尾处的用语，表示自谦。

◎ 此为藤原房前给旅人的返信。

筑前国怡土郡[1]深江村子负原[2],临海丘上,有二石。大者长一尺二寸六分,围一尺八寸六分,重十八斤五两;小者长一尺一寸,围一尺八寸,重十六斤十两[3]。并皆堕圆,状如鸡子。其美好者不可胜论。所谓径尺璧[4]是也。(或云:此二石者肥前国彼杵郡平敷之石,当占而取之。)[5]去深江驿家二十许里[6],近在路头,公私往来,莫不下马跪拜。古老相传曰:往者息长足日女[7]命征讨新罗国之时,用兹两石,插着御袖之中,以为镇怀。(实是御裳中矣。)所以行人敬拜此石。乃作歌曰:

813 说出口来敬惧

　　　神功皇后平定新罗

　　　为了使心神平静

　　　取来两块圆石

　　　举行隆重的祭祀

　　　让世人万古流传

　　　在深江海的子负原

　　　神灵亲手安置

　　　灵妙无比的奇石

　　　至今令人尊敬

814 与天地共传千古

　　　安置在此地的奇石

此事传言,那珂郡伊知乡蓑岛人建部牛麻吕是也。

1. 怡土郡：明治二十九年（1896年）与志摩郡合并，变为糸岛郡（福冈县）。
2. 深江村子负原：深江村，即今二丈村，面临唐津湾东部。子负原，在深江村祭奉着子负原八幡宫神社。
3. "大者长一尺二寸六分"六句：此六句，将两块石头的尺寸换算为米制，大石头为长37.5厘米，围55厘米，重约11千克；小块的石头长32.5厘米，围53.5厘米，重约10千克。
4. 径尺璧：即直径为一尺的玉。
5. 这段序文中有两处括号，括号里是《万叶集》编纂者加的批注。
6. 二十许里：约13千米，在日本，1里为6町，1町约109米。
7. 息长足日女命：即神功皇后。关于神功皇后镇怀石的传说见于《古事记·日本书纪》的《神功皇后摄政前记》《筑前国风土记逸文》和《筑紫风土记逸文》中。从前,怀有身孕的息长足日女命（仲哀天皇妃）在筑紫率阵准备征讨新罗。突然产前阵痛袭来。她将两块石头缠在腰部镇痛，渡海征讨了新罗后归来。

月白梅　小原古邨

梅花歌三十二首并序

　　天平二年正月十三日[1]，萃于帅老[2]之宅，申宴会也。于时，初春令月，气淑风和。梅披镜前之粉[3]，兰薰珮后之香。加以，曙岭移云，松挂罗而倾盖；夕岫结雾，鸟封谷而迷林。庭舞新蝶，空归故雁。于是盖天坐地[4]，促膝飞觞。忘言一室之里，开襟烟霞之外。淡然自放，快然自足[5]。若非翰苑，何以摅情[6]？诗纪落梅之篇。古今夫何异矣。宜赋园梅，成短咏。

1. 天平二年正月十三日：730 年的阳历二月八日。
2. 帅老：对旅人的敬称。
3. 梅披镜前之粉：语出南朝梁何逊《咏春风》："镜前飘落粉，琴上响余声。"
4. 盖天坐地：语出《淮南子·原道训》："以天为盖，以地为舆。"
5. 快然自足：语出东晋王羲之《兰亭集序》："快然自足，不知老之将至。"
6. 何以摅情：语出唐代骆宾王《秋日与群公宴序》："不有雅什，何以摅怀？"

◎ 关于这篇序的作者有诸种说法，形式上宴会的主办人是大伴旅人，序的实际作者很可能是山上忆良。序多处模仿了王羲之的《兰亭序》以及王勃、骆宾王等初唐诗人的用语和语句构成。

815 正月里新春到
　　　迎梅花尽情欢娱

　　　大贰纪卿[1]。

816 愿今日盛开的梅花
　　　永远也不凋零
　　　留在我家的园中

　　　小贰小野大夫[2]。

817 梅花盛开的园中
　　　青柳正在结蔓吗

　　　小贰粟田大夫[3]。

1. 大贰纪卿：名不详，当时的大宰大贰，纪氏出身的人。
2. 小贰小野大夫：即大宰少贰小野老，前出，见卷三·328 注释。
3. 小贰粟田大夫：名不详，可能是粟田人上，当时人上为正五位上。天平十年（738 年）六月，任武藏守四位下时末。

春来最先开放　　818
　我园中的梅花
　能一人独自观赏
　　度过春日吗

筑前守山上大夫¹。

人生多思恋　　819
　不如变成梅花

丰后守大伴大夫²。

梅花正在盛开　　820
　亲爱的伙伴们
　快插入发间吧
　　如今花正盛开

筑后守葛井大夫³。

1. 筑前守山上大夫：即山上忆良。
2. 丰后守大伴大夫：大伴三依，前出，见卷四·552 注释。
3. 筑后守葛井大夫：即葛井连大成，前出，见卷四·576 注释。

821　折来青柳梅花
　　　插在头发上
　　　畅饮美酒后
　　　花落也无妨

　　　笠沙弥[1]。

822　我园中的梅花飘落
　　　是天上降下的雪吗

　　　主人[2]。

823　何处梅花飘落
　　　看这座城山[3]上
　　　还在下着雪

　　　大监伴氏百代[4]。

1. 笠沙弥：即沙弥满誓，前出，见卷三·336 注释。
2. 主人：即大伴旅人。
3. 城山：指大宰府政厅附近的大野山。
4. 大监伴氏百代：即大伴百代，前出，见卷三·392 注释。

惋惜梅花飘散　　**824**

我园中的竹林里

黄莺正在鸣叫

小监阿氏奥岛[1]。

梅花盛开的园中　　**825**

青柳正结成花蔓

尽情欢娱吧

小野氏淡理小监土氏百村[2]。

青柳和园中梅花　　**826**

如何分别上下

大典史氏大原[3]。

1. 小监阿氏奥岛：小监即少监，或称大宰掌，相当于从六位上。阿氏，可能是阿倍氏的汉风式的称呼。奥岛，所传不详。
2. 小监土氏百村：即土师百村，养老五年（721年）正七位上，与山上忆良一起任过东宫侍讲。
3. 大典史氏大原：大宰府的四等官上位，可能是史部氏。大原，所传不详。

827　　春来隐入树梢

　　　鸣叫着的黄莺

　　　跳到梅树下枝

　　　小典山氏若麻吕[1]。

828　　人人折来插发间

　　　尽情欢娱吧

　　　看不够的梅花

　　　大判事丹氏麻吕[2]。

829　　梅花开放又飘散

　　　樱花不正相继开吗

　　　药师张氏福子[3]。

---

1. **小典山氏若麻吕**：即山口若麻吕，大宰府四等官下位，相当于正八位上。
2. **大判事丹氏麻吕**：大宰府的司法官，相当于从六位下。丹氏，可能是丹比氏或丹波氏。麻吕，所传不详。
3. **药师张氏福子**：大宰府的医师，相当于正八位上。张氏，或说为尾张氏，或说为张福子，不明。

梅花小鸟　伊藤若冲

830 　即使经过千万年
　　　梅花也依旧开放

　　　筑前介[1]佐氏子首。

831 　春来梅花如期开放
　　　想起你来无法入眠

　　　壹歧[2]守板氏安麻吕。

832 　众人折梅插发间
　　　今天应尽情欢愉

　　　神司[3]荒氏稻布。

---

1. 筑前介：介，国司的二等官。《延喜式》将国按大小分为大、上、中、小四等，按照律令制大国和上国才设有介。筑前为上国，筑前国介是仅次于山上忆良的官员。
2. 壹歧：为下国，国守相当于从六位上。
3. 神司：大宰府中设置有一位负责祭神的官，相当于正七位下。

每年春天来临　　833
总是头戴梅花
欢乐开怀畅饮

大令史野氏[1]宿奈麻吕。

梅花今日盛开　　834
留恋百鸟啼鸣
春天又来临

小令史[2]田氏肥人。

期望春天相逢　　835
今天的游宴上
看见了梅花

药师高氏[3]义通。

---

1. 大令史野氏：大宰府中负责抄写判文的属官。野氏，可能是大野、小野或三野其中之一。
2. 小令史：职责与大令史相同。
3. 高氏：高氏可能是高桥、高丘、高向、高丽等。

836 折梅插在头上
　　　欢愉不够的日子
　　　正是在今天

　　　阴阳师[1]矶氏法麻吕。

837 春野鸣叫的黄莺
　　　快快飞过来啊
　　　我园中梅花盛开

　　　算师志氏大道[2]。

838 梅花纷飞的山岗
　　　黄莺叫个不停
　　　春天已经来临

　　　大隅目[3]榎氏钵麻吕。

---

1. 阴阳师：大宰府属员，负责占卜等事宜。
2. 算师志氏大道：大宰府中专门负责计算的属员，相当于正八位上。
3. 大隅目：为国司的四等官。

春野上升起雾霭　　839
望去如同降雪
梅花正在飘散

筑前目[1]田氏真上。

折春柳做花蔓　　840
是谁将梅花
漂浮在酒杯中

壹歧目[2]村氏彼方。

听黄莺声声鸣叫　　841
看我园中的梅花
开放又飘散

对马目[3]高氏老。

1. 筑前目：上国的编制属员，相当于从八位下。
2. 壹歧目：下国的编制属员。
3. 对马目：为对马国司编制的属员。

842 我园中的梅枝下
　　鸣叫嬉戏的黄莺
　　也为花落惋惜

　　萨摩目高氏海人[1]。

843 折来梅花插头上
　　看游宴的人们
　　不禁思念都城

　　土师氏御道[2]。

844 远望阿妹的家
　　像是在降雪
　　无数朵梅花
　　正纷纷飘落

　　小野氏国坚[3]。

1. 萨摩目高氏海人：萨摩为中等国，设有一人目，四等官，相当于大初位下。
2. 土师氏御道：即土师水道，前出。见卷四·557注释。此处未注官职，属异例。
3. 小野氏国坚：未注官职，属异例。天平中期的写经司的文书中可见"史生小野朝臣国坚"的名字。

845
黄莺期待的梅花
　请不要飘散
　为了思恋的人

筑前掾门氏石足[1]。

846
雾笼漫长的春日
　虽然插在头上
　更是难舍梅花

小野氏淡理[2]。

---

1. 筑前掾门氏石足：即筑前掾门部连石足，前出，见卷四·568注释。
2. 小野氏淡理：未注官职。有人认为淡理的汉风式表记为"田守"。小野田守，天平十九年（747年）从五位下，胜宝元年（749年），任大宰少贰，胜宝五年任遣新罗大使。天平宝字二年（758年），任遣渤海大使。

山居幽趣

员外[1]思故乡[2]歌两首

　　我的盛年已去　　847
　　能有飞天的仙药
　　让我返老还童吗

　　比起飞天的仙药　　848
　　不如看一眼都城
　　我这衰弱的身躯
　　　定会返老还童

1. 员外：指不能入数的歌。是前面三十二首梅花歌以外的歌。关于作者有诸种说法，但很可能是山上忆良。
2. 故乡：故都平城京。

后追和梅歌[1]四首

849　残雪中的白梅
　　不要早早飘落
　　哪怕冰雪消融

850　与飞雪争俏
　　梅花正盛开
　　有人在观赏吗

---

1. 追和梅歌:即前面三十二首梅花歌后追加的歌。追和与和歌相同,一般指对别人赠歌的答歌。但仅限于卷五,指同一作者对自己歌作的追加之作。形式上,宴会的主办人是大伴旅人,但实际上,歌的作者是山上忆良。

我园中盛开的梅花　　851
　　好像即将飘落
　　会有人观赏吗

梅花在梦中细语　　852
　　我是风雅的花
　　愿漂浮在酒中

游于松浦河¹序

　　余以暂往松浦²之县逍遥,聊临玉岛之潭³游览,忽值钓鱼女子等也。花容无双,光仪无匹。开柳叶于眉中,发桃花于颊上⁴。意气凌云,风流绝世。仆问曰:"谁乡谁家儿等,若疑神仙者乎?"娘等皆笑答曰:"儿等者渔夫之舍儿,草庵之微者。无乡无家,何足称云。唯性便水,复心乐山⁵。或临洛浦⁶而徒羡玉鱼,乍卧巫峡⁷以空望烟霞。今以邂逅相遇贵客,不胜感应,辄陈欸⁸曲。而今而后,岂可非偕老哉。"下官对曰:"唯唯,敬奉芳命。"于时,日落山西,骊马将去。遂申怀抱,因赠咏歌曰:

853　自称是渔家女

　　　一看便知道

　　　是良家少女

1. 松浦河:发源于今佐贺县东松浦郡七山村,在滨崎玉岛町松浦湾东边注入大海。如今叫作玉岛川,并非现在的松浦川。
2. 松浦:位于肥前国西北部,今佐贺县和长崎县的一部分。
3. 玉岛之潭:即玉岛川。
4. "花容无双"四句:模仿了唐代张鹜《游仙窟》中的语句表现。《游仙窟》中的类句有"眉间月出疑争夜,颊上花开似斗春""眉上冬天出柳,颊中旱地生莲""翠柳开眉色,红桃乱脸新"等。
5. "唯性便水"二句:典出自《论语·雍也篇》:"知者乐山,仁者乐水。"
6. 洛浦:三国曹魏曹植《洛神赋》中的洛川,这里指玉岛之潭。
7. 巫峡:战国宋玉《高唐赋》中的巫山,这里指玉岛之峡。
8. 欸:同"款",诚心之意。

◎ 此序模仿《文选》中的情赋群及《游仙窟》等虚构而成。关于作者有"山上忆良说"和"大伴旅人说"两种观点。卷五·864以下的四首歌及前面的书简是在京的吉田宜给以大伴旅人名义写成的书简的回信。如此推测,序文很可能是山上忆良依照旅人所示旨趣写成的。

答诗曰

这条玉岛河的上游　　854
　　就是我们的家
　你如此温文尔雅
　我们竟羞于说明

蓬客等更赠歌三首

855 松浦川波光粼粼
　　站在河滩上
　　钓香鱼的阿妹
　　沾湿了裙裾

856 松浦的玉岛河边
　　钓香鱼的姑娘啊
　　不知去你家的路

857 松浦的河岸边
　　钓香鱼的姑娘啊
　　我想枕你的臂弯

娘等更报歌三首

在松浦川钓香鱼 858
看似寻常的浪花
我竟如此爱恋

春天来临的时候 859
我家乡的渡口边
小香鱼在游动
等待你到来

松浦川的七处河湾 860
我不在河湾停留
只等待你的到来

后人追和之诗三首

（帅老。）

861 松浦川河水湍急
 打湿了红裙裾
 正在钓香鱼吧

862 人人都能看见
 松浦的玉岛
 不要再看了
 我还要思恋吗

863 松浦川的玉岛
 在河湾钓香鱼
 能遇见姑娘们
 真让人羡慕

宜启，伏奉四月六日赐书[1]。跪开封函，拜读芳藻[2]。心神开朗，似怀泰初之月；鄙怀除袪，若披乐广之天。至若羁旅边城[3]，怀古旧[4]而伤忘；年矢不停，忆平生而落泪。但达人安排[5]，君子无闷[6]。伏冀，朝宣怀翟之化[7]，暮存放龟之术[8]，架张赵于百代[9]，追松乔[10]于千龄耳。兼奉垂示，梅苑芳席，群英摘藻，松浦玉潭，仙媛赠答。类杏坛各言之作[11]，疑蘅皋税驾[12]之篇。耽读吟讽，感谢欢怡。宜恋主之诚，诚逾犬马仰德之心，心同葵藿[13]。而碧海分地，白云隔天，徒积倾延[14]。何慰劳绪。孟秋膺节。伏愿万祐日新。今因相扑部领使[15]，谨付片纸。宜谨启。不次。

1. 赐书：指大伴旅人的书函。
2. 芳藻：指随旅人书函寄去的三十二首梅花歌和松浦川赠答歌。
3. 边城：指大宰府。
4. 怀古旧：指旅人之妻病亡一事。
5. 但达人安排：语出《庄子·大宗师篇》："安排而去化。"
6. 君子无闷：语出三国曹魏嵇康《琴赋》："处穷独而不闷者。"
7. 怀翟之化：典出南朝梁沈约《齐故安陆昭王碑文》中的"雏雉必怀"一语。翟，即雉。李善注《东观汉记》曰："鲁恭为中牟令，时郡国螟伤稼，犬牙缘界，不入中牟。河南尹袁安闻之，疑其不实，使仁恕掾肥亲往察之。恭随行阡陌，俱坐桑下，有雉过止其傍，傍有儿童。亲曰：'何不捕之？'儿言：'雉方将雏。'亲嘿然有顷，与恭诀曰："所以来者，欲察君之治迹耳。今虫不犯境，此一异也；化及鸟兽，此二异也；竖子有仁心，三异也。府掾久留，担忧贤者。"具以状白安。
8. 放龟之术：典出春秋楚国钟离岫《会稽后贤传》中孔愉放龟的故事。
9. 架张赵于百代：张，即张敞；赵，即赵广汉，二人皆为汉代的良臣。南朝梁孔稚珪《北山移文》有"笼张赵于往图，架卓鲁于前箓"之句。
10. 松乔：赤松子和王子乔，两位有名的仙人。
11. 类杏坛各言之作：此句语出《庄子·渔夫篇》。
12. 蘅皋税驾：语出三国曹魏曹植《洛神赋》："税驾乎蘅皋。"意指《游于松浦河序》及以下的歌群文采如《洛神赋》般出色。
13. "诚逾犬马仰德之心"二句：语出三国曹魏曹植《求通亲亲表》"犬马之诚"和"若葵藿之倾叶太阳，虽不为之回光，然终向之者，诚也"。
14. 徒积倾延：出自三国曹魏夏侯玄《乐毅论》："邻国倾慕，四海延颈。"都城与筑紫之间有大海和白云相隔，只能空自仰慕。
15. 相扑领使：从地方率领力士上京的官使。

春芳　上村松篁

奉和诸人梅花歌一首

没能参加游宴　　864
心中懊悔不已
不如变成一朵
庭园里的梅花

和松浦仙媛歌一首

在松浦的河湾　　865
等你的姑娘们
是常世之国中
渔夫的女儿吗

思君未尽,重题二首

866 如此长相思
千重白云相隔
遥远的筑紫国

867 你已远行多日
奈良路的宅院
树木也苍凉

天平二年[1]七月十日

忆良诚惶顿首，谨启。

忆良闻方岳诸侯都督刺史，并依典法巡行部下，察其风俗。意内多端，口外难出。谨以三首之鄙歌，写五藏之郁结。其歌曰：

松浦县的佐用姬[2]　　868
　挥舞着领巾[3]
只是听说山名吗

神功皇后钓鱼时　　869
驻足的那块岩石
　有谁看见过

行百日的松浦路　　870
　今日由此经过
　明日返回时
会遇上麻烦吧

1. 天平二年：730年。
2. 佐用姬：《万叶集》以"佐用比卖"来表记，而在逸文《肥前国风土记》中则写作"篠原弟日姬"。卷五·871的歌序提到了这个故事。逸文《肥前国风土记》记载，宣化天皇时代，被派往任那的大伴狭手彦向当地篠原村的弟姬求婚。分别时，弟姬登上山顶挥动领巾。
3. 领巾：不仅是女子用的饰物，更重要的是它还有驱邪的咒力。

天平二年[1]七月十一日,筑前国司山上忆良谨上。

　　大伴佐提比古郎子[2],特被朝命,奉使藩国。舣棹言归,稍赴苍波。妾也松浦(佐用嫔面),嗟此别易,叹彼会难。即登高山之岭,遥望离去之船,怅然断肝,黯然销魂。遂脱领巾麾之。傍者莫不流涕。因号此山曰领巾麾之岭也。乃作歌曰:

871　松浦的佐用姬
　　　思恋夫君挥领巾
　　　由此而得山名

　　　后人追和

872　山名虽流传后世
　　　佐用姬在此山上
　　　挥舞过领巾吗

1. 天平二年:730 年。
2. 大伴佐提比古郎子:即大伴狭手彦。郎子,是对青年男子的称呼。

最后人追和

已经流传万代 873
在此山挥舞领巾
 松浦的佐用姬

最最后人追和二首

向大海挥舞领巾 874
是让航船归来吧
 松浦的佐用姬

向航船挥舞领巾 875
也没能使船留下
多么深切的思恋
 松浦的佐用姬

书殿¹饯酒日倭歌四首

876　愿能变成飞鸟
　　把你送到京城
　　然后再飞回来

877　我们是如此沮丧
　　当你骑着马儿
　　走近龙田山的时候
　　会忘记这一切吧

878　现在虽说寂寞
　　还没有完全体味
　　寂寞真正涌来
　　是在你离去以后

879　望你健康长寿
　　执掌天下政事
　　永远不离朝廷

---

1. 书殿：指大伴旅人的书斋。卷五·876—879 是在那里举行为旅人归京的饯别酒宴时作成的一组歌。

蓬萊　速水御舟

聊布私怀¹歌三首

880 在远乡居住五年
忘了都城的习俗

881 怎能总是叹息
岁月来又去
不知何时为期

882 承蒙主人关照
春天去奈良京
请一定叫上我

天平二年²十二月六日,筑前国司山上忆良谨上。

1. 聊布私怀:即抒发个人胸怀之意。南朝梁萧统《文选》中南朝宋颜延之《和谢监灵运》有"聊用布所怀"一语。
2. 天平二年:730年。

三岛王[1]后追和松浦佐用嫔面[2]歌一首

只是听说没看到　　883
佐用姬挥舞领巾
等待夫君的松浦山

---

1. 三岛王：舍人亲王之子，淳仁天皇的弟弟。养老七年（723年），无位升至从四位下。舍人亲王，前出，见卷二·117注释。
2. 佐用嫔面：嫔面即"姬"字的表记，或写作"比卖"，读音相同，皆为 hime。

大伴君熊凝[1]歌二首

（大典麻田阳春[2]作。）

884 远离家乡的路上
　　　心中充满忧伤
　　　能活过今天吗
　　　不能向亲人诀别

885 朝雾般易逝的身体
　　　不能客死他乡
　　　想和亲人相见

1. 大伴君熊凝：参照后面卷五·886 歌序。
2. 大典麻田阳春：前出，见卷四·570 注释。此歌是阳春为大伴熊凝所作的歌。

敬和为熊凝述其志歌六首并序
筑前国守山上忆良[1]

大伴君熊凝者,肥前国益城郡人也。年十八岁。以天平三年[2]六月十七日,为相扑使厶国司[3]官位姓名[4]从人[5],参向京都。为天不幸,在路获疾,即于安艺国佐伯郡高庭[6]驿家身故也。临终之时,长叹息曰:"传闻,假合之身[7]易灭,泡沫之命难驻。所以千圣已去,百贤不留。况乎凡愚微者,何能逃避。但我老亲并在菴室。待我过日,自有伤心之恨。望我违时,必致丧明之泣[8]。哀哉我父,痛哉我母。不患一身向死之途,唯悲二亲在生之苦。今日长别,何世得觐。"乃作歌六首而死。其歌曰:

为了去京城 886

　和母亲分别

　在陌生的荒野

　翻越重重高山

　想立刻见到都城

　告诉身边的同伴

　身体为疾病所苦

　在道路的拐弯处

　铺上柴草当床

　横卧叹息不已

　如果在故乡

　父亲会来照料

　如果在家中

　母亲会来护理

　人生竟会如此

　狗一样倒毙路上

　就这样死去吗

1. 歌名表示，此为忆良为和阳春所作卷五·884和卷五·885而写的六首歌，仍然围绕熊凝之死而展开。
2. 天平三年：731年。
3. 乙国司：即某国司。相扑使国司与相扑部领使一职相同。
4. 姓名：当时山上忆良很可能曾写了相扑使国司的官职与氏姓名，但后来又从序中删掉了。
5. 从人：即随身侍从。
6. 安艺国佐伯郡高庭：今广岛县佐伯郡大野町附近一带，那里有处叫高畑的地方，据说是原来的高庭。
7. 假合之身：佛教认为人的肉身是由地水火风临死构成的存在。
8. 丧明之泣：语出《礼记·檀弓》上："子夏丧其子，而丧其明。"

看不见母亲　　887
心中无限哀伤
我将别向何方

完全陌生的路途　　888
黑暗中如何行走
身上没带干粮

在家有母亲的关爱　　889
可以抚慰我的心灵
即使死也无憾

自从离家以后　　890
屈指数着归期
今天应该返乡吧
等待我的父母啊

今生不能再相见　　891
我能把父母留下
就这样永别吗

日光神桥的雪　川濑巴水

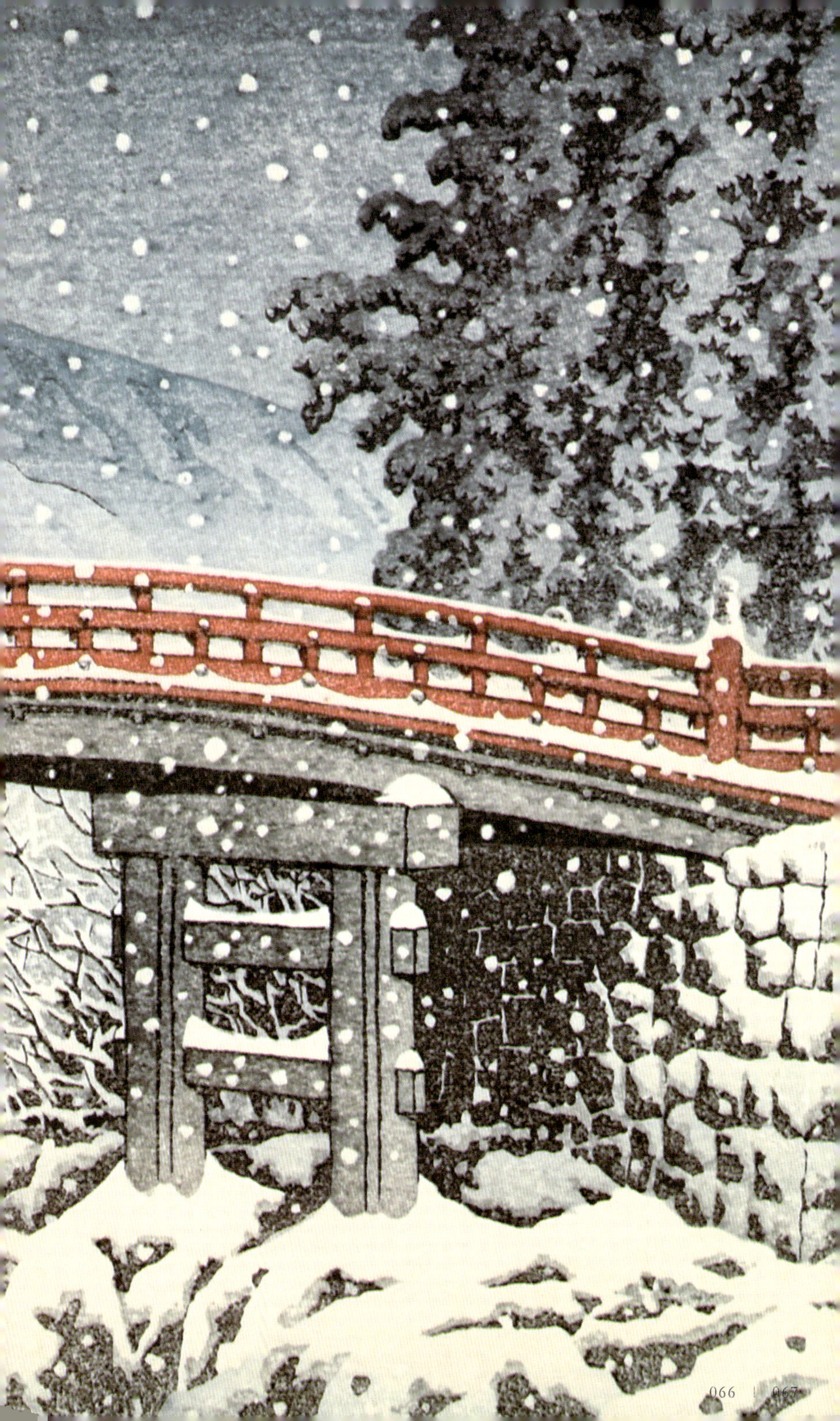

贫穷问答歌一首并短歌

892　风雨交加的夜晚
　　雨雪交加的夜晚
　　无法抵御天寒
　　舔食粗盐巴
　　啜饮酒糟汤
　　咳嗽声声不断
　　鼻子嘘溜作响
　　手捋胡须自夸
　　没有比我强的硬汉
　　可是依旧寒冷
　　盖上粗麻被
　　披上破坎肩
　　能御寒的东西
　　层层压在身上
　　如此寒冷的夜晚
　　比我更贫穷的人
　　父母在忍受饥寒
　　妻儿哭着乞求
　　眼下你该怎么过啊
　　天地无比宽广
　　为何属于我的
　　竟如此狭小
　　日月无比明亮
　　为何照不到我身上

是众人都这样吗
还是只有我如此
　有缘投生人世
　生得和别人一样
　没有棉花的坎肩
　海松般破烂不堪
　胡乱披在肩上
　摇摇欲倾的草屋
　地上铺着蒿草
　父母在枕旁
　妻儿在脚下
　围在一起叹息
　灶中没有炭火
　蒸屉结满蛛网
　已忘记怎么做饭
　如画眉鸟般呻吟
　如同雪上加霜
　乡长持鞭而来
　站在门前怒喝
　为何如此无奈
　人世间的生活

893　　虽然世上艰辛
　　　　令人感到羞辱
　　　　可是不能飞走
　　　　因为不是鸟儿

　　　　山上忆良顿首谨上。

◎ 山上忆良采用贫穷者同士对话的形式,是想将庶民贫困生活的实相诉诸朝廷。作歌具体时间不明。

己酉晚秋宗三日寫於揀盦南軒 櫻

雪中鳥　椿椿山

好去好来[1]歌一首（反歌二首）

894　从神代开始流传

　　　神圣的大和国

　　　是庄严的国度

　　　是充满言灵的国度

　　　今世的人们

　　　眼前一望而知

　　　国中人丁兴旺

　　　太阳高照朝廷

　　　身为神灵的天皇

　　　深受臣民的爱戴

　　　治理天下的望族

　　　选出优秀的子孙

　　　遵从天皇的御旨

　　　前往遥远的大唐

　　　御统海疆的神灵[2]

　　　站在船头导航

　　　天地中的神灵

　　　大和的大国魂[3]

　　　在天空飞翔护送

　　　完成了使命

　　　归国的日子

　　　神灵为大船导航

　　　如同用墨绳

　　　划好了直线

从值嘉岬[4]出发

径直驶入大伴

停靠御津岸边

一路平安无事

请快快归来吧

1. 好去好来：小岛宪之氏在《忆良的好去好来》一文（《万叶》第五号，1945年10月）中指出，"好去"的用法很可能出于唐代张鷟《游仙窟》："桂心已下，或脱银钗、落金钏，解帛子、施罗巾，皆白。送张郎曰：'好去，若因行李，时复相过。'""好来"也并非忆良所造，东晋陶渊明有《归去来兮辞》。
2. 御统海疆的神灵：指住吉大神。遣唐使的四艘船头部都设有住吉大神的祭坛。
3. 大和的大国魂：即大和的大国御魂神，守护国土的精灵，现在为天理市新泉大和神社的祭神。在大和朝廷将伊势神宫的祭神作为主神祭祀以前，大和国一直祭祀自己的氏神。
4. 值嘉岬：长崎县北松浦郡有小值嘉岛。古时指五岛列岛、平户岛。福江岛（今南松浦郡三井乐町）的三井乐湾曾是遣唐使船出发地。

◎ 这首《好去好来歌》是忆良为遣唐使多治比广成等作的平安祈祷歌。

高耸沙丘　横山大观

反 歌

清扫大伴御津　　895
松树林立的平原
我站在这里等待
请快快归来吧

听说船泊难波港　　896
解开了纽带
奔走欢呼雀跃

天平五年[1]三月一日，良宅对面，献三日。
山上忆良谨上　大唐大使卿　记室[2]

---

1. 天平五年：733 年。
2. 左注说，山上忆良与遣唐使丹治比广成在自家邸宅见面，三月三日献上自己的歌作。

沉疴¹自哀文

山上忆良作

　　窃以，朝夕佃食山野²，犹无灾害而得度世。（谓常执弓箭，不避六斋，所值禽兽，不论大小，孕及不孕，并皆杀食，以此为业者也。）³昼夜钓鱼河海者，尚有庆福而全经俗⁴。（谓渔夫、潜女各有所勤，男者手把竹竿，能钓波浪之上，女者腰带凿笼⁵，潜采深潭之底者也。）况乎，我从胎生迄于今日，自有修善之志，曾无作恶之心。（谓闻"诸恶莫作，诸善奉行"之教也。）所以礼拜三宝，无日不勤。（每日诵经，发露忏悔也。）敬重百神，鲜夜有缺。（谓敬拜天地诸神等也。）嗟乎愧哉！我犯何罪？遭此重疾。（谓未知过去所造之罪，若是现前所犯之过。无犯罪过，何获此病乎？）初沉疴已来，年月稍多。（谓经十余年也。）

　　是时年七十有四，鬓发斑白，筋力尫羸⁶。不但年老，复加斯病。谚曰："痛疮灌盐，短材截端。"此之谓也。四支不动，百节皆疼，身体太重，犹负钧石。（二十四铢为一两，十六两为一斤，三十斤为一钧，四钧为一石，合一百二十斤也。）⁷悬布欲立⁸，如折翼之鸟；倚杖且步，比跛足之驴。吾以身已穿俗，心亦累尘。欲知祸之所伏，祟之所隐，龟卜之门，巫祝之室，无不往问。若实若妄，随其所教，奉币帛，无不祈祷。然而弥有增苦，曾无减差。吾闻前代多有良医，救疗苍生病患。至若榆柎、扁鹊、华他、秦和、缓、葛稚川、陶隐居、张仲景等⁹，皆是在世良医，无不除愈也。（扁鹊，姓秦，字越人，勃海郡人也。割胸采心，易而置之，投以神药,即瘥如平也。华他,字元化,沛国谯人也。若有病结积沈重在内者,刳肠取病,缝复摩膏,四五日差之。)

追望件医,非敢所及。若逢圣医神药者,仰愿:割刳五脏,抄探百病,寻达膏肓之奥处,(肓,鬲也,心下为膏。攻之不可,达之不及,药不至焉。)欲显二竖之逃匿。(谓晋景公疾,秦医缓视而还者,可谓为鬼所杀也。)命根既尽,终其天年,尚为哀。(圣人贤者,一切含灵,谁免此道乎?)何况生录未半,为鬼枉杀,颜色壮年,为病横困者乎。在世大患,孰甚于此。《志怪记》[10]云:"广平前大守,北海徐玄方之女,年十八岁而死。其灵谓冯马子曰:'案我生录,当寿八十余岁。今为妖鬼所枉杀,已经四年。'此遇冯马子,乃得更活是也。"内教云:"瞻浮州人寿百二十岁。"谨案,此数非必不得过此。故《寿延经》云:"有比丘,名曰难达。临命终时,诣佛请寿,则延十八年。"但善为者天地相毕。其寿夭者业报所招,随其修短而为半也。未盈斯算,而邅然死去,故曰未半也。任征君曰:"病从口入,故君子节其饮食。"由斯言之,人遇疾病,不必妖鬼。夫医方诸家之广说,饮食禁忌之厚训,知易行难之钝情,三者,盈目满耳,由来久矣。《抱朴子》曰:"人但不知其当死之日,故不忧耳。若诚知羽翮可得延期者,必将为之。"以此而观乃知,我病盖斯饮食所招,而不能自治者乎?)《帛公略说》[11]曰:"伏思自励,以斯长生。生可贪也,死可畏也。"

天地之大德曰生。故死人不及生鼠。虽为王侯,一日绝气,积金如山,谁为富哉?威势如海,谁为贵哉?《游仙窟》曰:"九泉下人,一钱不直。"孔子曰:"受之于天,不可变易者形也。受之于命,不可请益者寿也。"(见鬼谷先生[12]《相人书》。)故知生之极贵,命之至重。欲言言穷,何以言之?欲虑虑绝,何由虑之?惟以人无贤愚,世无古今,咸悉嗟叹。岁月竞流,昼夜不息。(曾子[13]曰:"往而不返者年也。"宣尼临川之叹[14]亦是矣也。)老疾相催,朝夕侵动。一代欢乐,未尽席前。(魏文[15]《惜时贤诗》曰"未尽西苑[16]夜,剧作北邙[17]尘"也。)千年愁苦,更继坐后。(古诗[18]云"人生不满百,何怀千年忧"矣。)若夫群生品类,莫不皆以有尽之身,并求无穷之命。所以道人方士,自负丹经,入于名山而合药者,养性怡神,以求长生。'《抱朴子》曰:"神农云:'百病不愈,安得长生。"帛公又曰:"生好物也,死恶物也。"若不幸而不得长生者,犹以生涯无病患者为福大哉。今吾为病见恼,不得卧坐。向东向西,莫知所为。无福至甚,总集于我。人愿天从,如有实者,仰愿:顿除此病,赖得如平。以鼠为喻,岂不愧乎。(已见上也。)

1. 沉疴：语出南朝梁简文帝《卧疾诗》："沉疴类弩影，积弊似河鱼。"原意是身陷久病之中，此用作名词。

2. 佃食山野：语出《周易·系辞下》释文："取兽曰佃，取鱼曰渔。"

3. 文中括号中的文是山上忆良的自注。

4. 经俗：即渡世，意思是顺利度过一生，步入老年。

5. 凿笼：铁笼和篮筐。凿，渔家女潜海捞取贝类时，腰上带的铁笼。

6. "鬓发斑白"二句：语出晋代葛洪《抱朴子·内篇·遐览》："郑君时年出八十，先发鬓斑白……唯余尪羸不堪他劳。"

7. 此括号中自注出自《淮南子·天文训》。

8. 悬布欲立：《万叶集略解》认为此句典出春秋末期鲁国左丘明《左传》"襄公时年四月"一条中的"主人悬布，董文登之"，但似乎无关。岩波书店《日本古典文学大系》认为可能从晋代葛洪《抱朴子·内篇·金丹》中获得了灵感，意思是将沉重的东西装入布袋，使其站立。

9. 至若榆树……张仲景等：此句皆是中国史上的名医。榆树，即俞树或俞跗，黄帝时的名医。扁鹊，战国时代的名医。华他，即华佗，后汉时的名医。和、缓，二人为秦的名医。葛稚川，即葛洪，《抱朴子》的作者，论述神仙、方术、养生、延年等。陶隐居，即陶弘景，与葛洪相同，是位论说养生之道的神仙家。张仲景，为后汉的名医，著有《伤寒论》。

10. 《志怪记》：是已散佚的六朝志怪小说之一。

11. 《帛公略说》：是帛和所著的书。帛公，即帛和，《抱朴子·内篇·祛惑》中记作"白和"，或称帛（白）仲理。

12. 鬼谷先生：战国时代的纵横家鬼谷子。

13. 曾子：孔子的弟子之一，所著失传。

14. 临川之叹：指《论语·子罕》："子在川上曰：'逝者如斯夫，不舍昼夜。'"

15. 魏文：即魏文帝。

16. 西苑：邺都有名的庭园。

17. 北邙：洛阳北边的山，有名的墓地。

18. 古诗：指南朝梁萧统《文选》中作者不详的古诗。

悲叹俗道假合即离易去难留诗一首并序

　　窃以，释慈之示教，(谓释氏慈氏[1]。)先开三归(谓归依佛法僧。)五戒，而化法界。(谓不杀生、二不偸盗、三不邪淫、四不妄语、五不饮酒也。)周孔[2]之垂训，前张三纲(谓君臣、父子、夫妇。)五教，以济邦国。(谓父义、母慈、兄友、弟顺、子孝。)故知，引导虽二[3]，得悟惟一也。但以世无恒质，所以陵谷更变。人无定期，所以寿夭不同。击目之间[4]，百龄已尽，申臂之顷，千代亦空。旦作席上之主，夕为泉下之客。白马走来[5]，黄泉何及。陇上青松，空悬信钏[6]，野中白杨，但吹悲风。是知，世俗本无隐遁之室，原野唯有长夜之台。先圣已去，后贤不留。如有赎而可免者，古人谁无价金乎。未闻独存，遂见世终者。所以维摩大士，疾玉体于方丈，释迦能仁，掩金容于双树。内教[7]曰："不欲黑暗之后来，莫如德天之先至。"(德天者生也，黑暗者死也。)故知，生必有死。死若不欲，不如不生。况乎纵觉始终之恒数，何虑存亡之大期者也。

　　俗道变化犹击目，
　　人事经纪如申臂。
　　空与浮云行大虚，
　　心力共尽无所寄。

1. 释氏慈氏：即释迦牟尼与弥勒。
2. 周孔：即周公与孔子。
3. 引导虽二：指儒、佛二教的说理。
4. 击目之间：即眨眼之间。
5. 白马走来：即白驹过隙。
6. "陇上青松"二句：典出西汉司马迁《史记·吴太伯世家》中徐君与季札的故事。陇，指墓冢。
7. 内教：指《涅槃经圣行品》。

平沙落雁　横山大観

平沙落雁
大観

老身重病，经年辛苦，及思儿等歌七首

（长一首，短六首。）

897 在有限的生命中（谓瞻浮州人寿一百二十年也。）
想平平安安度日
抛开死亡的哀伤
可世上多不幸
如同在伤口撒盐
给羸马加上重负
我这老迈的身躯
又染上了疾病
白天叹息到日暮
夜里呻吟到天明
年年疾病缠身
月月悲叹不已
心想索性死去
可是不能舍下
如五月蝇一样
嘤嘤啜泣的孩子
无法选择死亡
目睹眼下的境况
心如火在燃烧
想起种种烦恼
不禁失声哭泣

反　歌

心灵得不到安慰　　898
如云间鸣叫的鸟儿
　不禁放声哭泣

不堪忍受痛苦　　899
　渴望离家出走
有孩子们的牵挂

富人家的子弟　　900
　还没有着过身
便当作破布扔掉
　那些丝绸真锦

901　连粗布也穿不上
　　才会如此感叹
　　可是毫无办法

902　水沫般的薄命
　　想度过千寻时光

903　虽然寿数无几
　　却想活上千年

（去神龟二年[1]之作。但以类故更载于兹。）
天平五年[2]六月丙申朔三日戊戌作。

1. 神龟二年：725 年。
2. 天平五年：733 年。

纺织　葛饰北斋

恋男子名古日歌三首

（长一首，短二首。）

904　世人珍爱的七宝
　　对我有什么用处
　　我们的儿子古日
　　是珍珠般的孩子
　　清晨启明星闪烁
　　便不离开床边
　　不管站立坐下
　　一起玩耍游戏
　　傍晚长庚星升起
　　手拉着手入寝
　　父母陪伴左右
　　儿子睡在中间
　　宝贝的儿子
　　盼你快快长大
　　不论是好是坏
　　想看你成人的模样
　　可天有不测风云
　　突然向我们袭来
　　让人不知所措
　　束起白色衣带
　　手持明亮的镜子
　　向天神祈祷
　　向地神叩拜

竭力向神灵祈求
也没有一丝转机
渐渐失去活力
清晨已不能言语
就这样突然夭折
顿足向天呼喊
捶胸伏身叹息
儿子从掌中飞逝
人生竟会如此

儿童与金鱼　河锅晓斋

反　歌

年幼不识路途　　905
　送给冥使礼物
　请背上这个孩子

我敬献布施祈祷　　906
　请不要误导
　径直引往天路

此一首[1]，作者未详。但，以裁歌之体似于山上之操[2]，载此次焉。

---

1. 此一首：有两种说法，一种认为是卷五·906；一种认为是长歌卷五·904加上反歌卷五·905、906一组。
2. 山上之操：山上忆良的歌风。

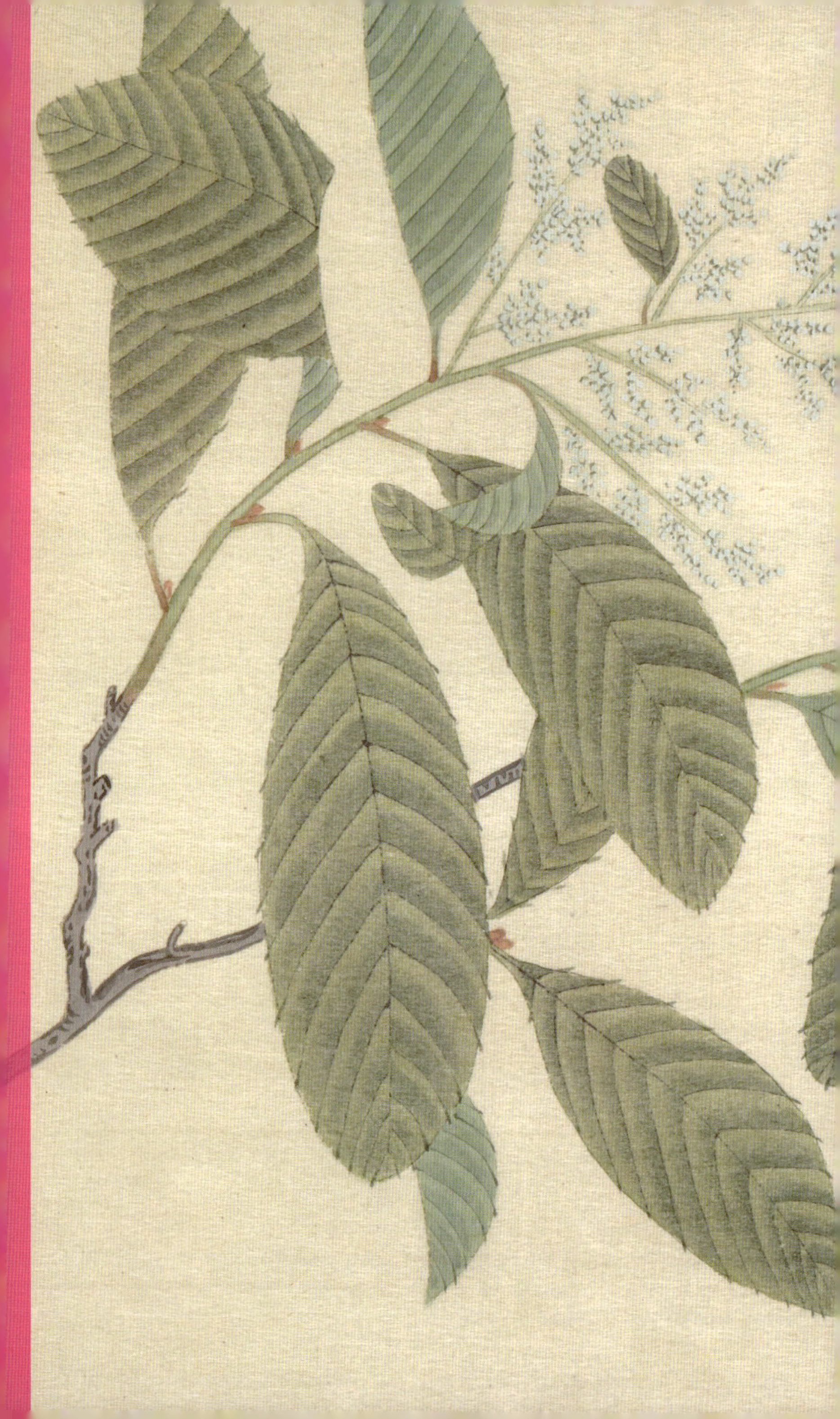

卷六

鴛　神坂雪佳

杂 歌

养老七年癸亥夏五月，幸于芳野离宫时，笠朝臣金村作歌一首并短歌

907　激流旁的三船山
　　枝叶青翠的铁杉
　　万古生生不息
　　吉野的蜻蛉[1]宫殿
　　因为有神灵
　　才如此尊贵吧
　　是因为国体
　　才令人向往吧
　　观赏不够的国度
　　山川清爽明净
　　从神代开始
　　就在此建造宫殿

1. 蜻蛉：前出，见卷一·2注释。

◎ 此歌作于723年元正天皇行幸时。

蓬萊山　富田溪仙

反歌二首

908　每年都想来观赏
　　　吉野清澈的激流
　　　还有白色的浪花

909　高山飞落的激流
　　　像白色的币帛
　　　令人观赏不够

或本反歌曰

因为如此神圣　　910
才令人向往吧
吉野湍急的河水
　令人观赏不够

吉野的秋津川　　911
万年奔流不息
总想回来观赏

泊濑女用币帛　　912
　制作的白花
是吉野的激流里
　绽放的浪花吧

车持朝臣千年[1]作歌一首并短歌

913 令人陶醉的景色
百闻不如一见
从吉野的山林
俯瞰处处河滩
清晨升起烟霞
傍晚金袄子鸣叫
合衣而眠的旅途
独自登高眺望
清澄的河流
令人感到惋惜

914 激流旁的三船山
虽然令人敬畏
时刻难忘记

---

1. **车持朝臣千年**：所传不详。养老、神龟年间随天皇行幸，有歌作留下。

或本反歌曰

鸧鸟鸣叫不停　　915
如吉野川的水声
无时不在思念

虽然没过几日　　916
可是我的思恋
化成吉野的河雾

此歌,年月不审。但,以歌类载于此次焉。或云,养老七年[1]五月,幸于芳野离宫之时作。

---

1. 养老七年:723年。

日本平望岳台　和田英作

神龟元年[1]甲子冬十月五日,幸于纪伊国时,山部宿祢赤人作歌一首并短歌

917

我们来守卫
御统天下的大君
永久的宫殿
从杂贺野[2]眺望
海中的岛屿
风吹秀丽的海滨
卷起白色的浪花
潮水落下时
采割鲜美的海藻
自神代时起
便如此尊贵
海中的玉津岛

---

1. 神龟元年:724年。此歌作于神龟元年圣武天皇行幸时。反歌后的左注也提到行幸地是玉津岛。
2. 杂贺野:曾是和歌山市街通往和歌浦的旷野,后全部并入和歌山市境域。

反歌二首

918　礁矶上的海藻
　　随潮涨而隐没
　　真令人思念啊

919　若浦满潮时
　　淹没了浅滩
　　眼望岸边苇丛
　　鹤鸣叫着飞去

　　此歌,年月不记。但,称从驾玉津岛也。因今检注行幸年月以载之焉。

神龟二年乙丑夏五月,幸于芳野离宫时,
　　笠朝臣金村作歌一首并短歌

在清爽的山中　　920
吉野川奔流而下
眼望清澈的河湾
　上游鸧鸟鸣叫
下游金袄子相和
　众多的官人们
　四下尽心侍奉
眼望壮观的景色
　令人感慨不已
如葛藤延伸不绝
愿世世代代如此
向天地神灵祈祷
　心中诚惶诚恐

◎ 神龟二年（725年）的这次行幸未见于《续日本纪》。但根据卷四·546歌名的记录，同年三月笠金村还随幸过三香原离宫，所以大致可断定这次的行幸笠金村也随行了。

反歌二首

921　　万代也观赏不够
　　　吉野的激流旁
　　　雄伟的宫殿

922　　我和众人一样
　　　渴望能够长寿
　　　如吉野的激流中
　　　永远屹立的巨岩

山部宿祢赤人作歌二首并短歌

御统天下的大君　　923
雄伟的吉野宫
重重青山环绕
清清河水流过
春来花开遍野
秋来升起云雾
青山永远屹立
河水奔流不息
众多的官人们
永远前往侍奉

反歌二首

吉野的象山下　　924
树梢上百鸟齐鸣

黑夜临近拂晓　　925
清清的河岸边
茂密的梓树下
鸻鸟正在鸣叫

926 御统天下的大君
　　　在吉野秋津小野[1]
　　　使者们在原野上
　　　搜寻野兽的行踪
　　　漫山设下埋伏
　　　在山冈上围猎
　　　晨猎追逐走兽
　　　夕猎惊起飞禽
　　　一同策马狩猎
　　　在春草茂盛的原野

　　　反歌一首

927 不论山岗原野
　　　都有持弓的猎手
　　　呼喊追逐猎物

　　　此歌,不审先后。但,以便故载于此次。

---

1. 秋津小野:吉野附近的原野。

若草山素描　中泽弘光

冬十月,幸于难波宫[1]时,笠朝臣金村作歌一首并短歌

928　难波遥远的故都
　　人们已不再关注
　　望不尽的长柄宫
　　矗立着高大的杉柱
　　威严君临天下
　　在味经的原野[2]
　　众臣搭建小屋
　　好像在修建都城
　　其实只是旅宿

1. 难波宫:神龟二年(725年),圣武天皇行幸难波的长柄宫。
2. 味经的原野:即味原,《和名抄》中可见摄津国东生郡味原乡。今大阪市天王寺区有味原町和下味原町。

反歌二首

　　荒野上的故都　　929
　　天皇君临的时候
　　　这里便是都城

　　像是渔民的女儿　　930
　　划无篷小船出海
　　　在旅途中野宿
　　能听到阵阵桨声

车持朝臣千年作歌一首并短歌

931　清净的海岸
　　　生长着海藻
　　　清晨细浪拍岸
　　　黄昏波光粼粼
　　　海浪涌向岸边
　　　日月流连忘返
　　　今天也观赏不够
　　　白色的浪花环绕
　　　住吉的海滨

反歌一首

932　千重白色浪花
　　　涌向住吉海岸
　　　漂染岸边黄土

山部宿祢赤人作歌一首并短歌

天地一样遥远　　933
日月一样恒久
辉煌的难波宫
大君御统天下
为了供奉御膳[1]
淡路野岛[2]的渔夫
潜入海底的礁石
采来无数鲍鱼
朝贡的船儿相连
显示大君的尊严

反歌一首

清晨风平浪静　　934
传来阵阵桨声
是去供奉御膳
野岛渔民的船吧

---

1. 供奉御膳：当时伊势和志摩等国负责贡奉天皇御膳材料。
2. 野岛：今兵库县津名郡（淡路岛）北淡町野岛一带。

三年丙寅秋九月十五日，幸于播磨国印南郡时[1]，笠朝臣金村作歌一首并短歌

935 从名寸隅[2]的港湾
望淡路岛松帆浦[3]
听说有渔家少女
清晨风平采海藻
黄昏浪静来烧盐
无法去那里观看
大丈夫六神无主
徘徊暗自思恋
无奈没有船桨

1. 幸于播磨国印南郡时：此次行幸见于《续日本纪》神龟三年（726年）十月的记录中。十月七日赴印南野，十九日返回难波宫。时间上与歌名的记载不同。
2. 名寸隅：据说是播磨国的鱼住泊，即今明石市西北部的鱼住町。
3. 松帆浦：今兵库县津名郡淡路町松帆。

反歌二首

想去看一眼 　936
采海藻的渔家女
　想要船和桨
　不怕海浪高

在海边徘徊观赏 　937
　何时能看够啊
　名寸隅的港湾
　涌起白色浪花

房州鴨川　川瀬巴水

山部宿祢赤人作歌一首并短歌

御统天下的大君　　938
如神灵高高在上
在印南野的大海[1]
藤井浦[2]的海边
钓鲔鱼的船繁忙
烧盐的人聚集
优良的海湾
有丰厚的渔获
优良的海岸
能烧出纯净的盐
一直在此观赏
洁净的白色海滩

1. 大海：地名，今兵库县明石市西部、鱼住、岩冈附近。
2. 藤井浦：位于今兵库县明石市西部，或称藤江浦，即卷六·939中的藤江海湾。

反歌三首

939　海面和岸边
　　　都风平浪静
　　　藤江的海湾
　　　船儿捕鱼忙

940　铺上白茅草
　　　在印南野旅宿
　　　已经连续几日
　　　不禁思念家乡

941　明石的海滩
　　　潮干有了通路
　　　明日会兴高采烈
　　　离家越来越近

过辛荷岛[1]时,山部宿祢赤人作歌一首并短歌

离别阿妹以后　　942
不能同枕而眠
包裹樱树皮的船
划动长桨而来
经过淡路的野岛
从印南的辛荷岛间
放眼眺望家乡
连青山也看不见
涌起千层白云
划船向前航行
海湾消失在身后
海岛也不见踪影
怀着思念而来
漫长的旅途

---

1. 辛荷岛:或记作韩荷岛。《播磨国风土记·揖保郡》的一条中有"韩人破船,所漂之物,漂就于此岛,故号韩荷岛"。位于今兵库县揖保郡御津町西南。

反歌三首

943　在辛荷岛采海藻
　　环岛觅食的鱼鹰
　　会这么想家吗

944　海岛渐渐消失
　　我划船向前行
　　多令人羡慕啊
　　去大和[1]的熊野船[2]

945　海上将起风浪
　　去都太的细江海湾[3]
　　待到风平浪静

1. 大和：歌作者的故乡，在歌中的时间点，歌作者正逆向向西行。
2. 熊野船：日本古代的一种机能和构造优良的船。因为熊野处于外海，船业比较发达。
3. 都太的细江海湾：位于饰磨川河口。姬路市饰磨区今在家附近以前曾叫"津田"，与"都太"的发音相同，为 tsuda。细江，即今饰磨的细江。

过敏马浦时,山部宿祢赤人作歌一首并短歌

从淡路岛直行　　946
驶向敏马湾
采深海的水松
在海湾的周围
采割马尾藻
深海水松般思恋
如马尾藻[1]珍惜名声
没有使者传信
让人没法活

---

1. 马尾藻:前出,见卷三·362注释。

反歌一首

947 像须磨烧盐的渔夫
　　 穿惯了的衣服
　　 一天也忘不了你

此歌[1],作歌年月未详也。但,以类故载于此次。

1. 此歌:左注所谓此歌,有几种说法:一是卷六·938 以后的歌,二是卷六·942 以后的歌,三是卷六·946 以后的歌。

四年¹丁卯春正月,
敕诸王诸臣子等散禁²于授刀寮³时,作歌一首并短歌

春日山葛藤伸展　　948
春来云霞映山谷
高圆黄莺鸣叫
众多的官人们
在雁归的时节
和往日一样等待
结伴策马郊游
期盼已久的春日
竟不敢多言多语
如果早知是这样
佐保川䳌鸟鸣叫
取来岩石上的菅草
在水边祓禊该多好
遵从大君的禁令
宫人们不得外出
在思慕春色的季节

1. 四年：神龟四年（727年）。
2. 散禁：指不戴枷锁的拘禁。
3. 授刀寮：佩刀守护天皇的禁卫舍人的役所。

反 歌

949　梅柳时节已过
　　令人无限惋惜
　　佐保的郊游事件[1]
　　在宫廷引起震动

此歌，神龟四年[2]正月，数王子及诸臣子等，集于春日野而作打球之乐。其日忽天阴雨雷电。此时宫中无侍从及侍卫。敕行刑罚，皆散禁于授刀寮而妄不得出道路。于时悒愤即作斯歌。（作者未详。）

1. 佐保的郊游事件：即左注中所述事件。
2. 神龟四年：727年。

五年戊辰,幸于难波宫[1]时作歌四首

大君定下界限　　950

派人在山上守侯

并不是无法进入[2]

看上去就在眼前　　951

岩石间的珍珠[3]

并非无法拾取

---

1. 五年戊辰,幸于难波宫:神龟五年(728年)的此次行幸未见于史料记载中。
2. 并不是无法进入:暗喻即使是被严格监视的女子,也不是不能接近的。
3. 岩石间的珍珠:暗喻深闺中的女子。

952 身着韩衣[1]的奈良
　　 等待爱人的松树[2]
　　 佩戴上宝玉
　　 期盼有般配的人

953 雄鹿鸣叫求偶
　　 翻越山冈的日子
　　 能和你相逢吗

此歌,《笠朝臣金村之歌》中出也。或云,车持朝臣千年作之也。

---

1. 韩衣：指大陆样式的衣服。
2. 等待爱人的松树：此句原文为"岛待",佐竹昭广认为"岛"是"嬬"的误字。嬬,指配偶。

思夫恋愛　狩野益信

膳王[1]歌一首

954　清晨在海边觅食
　　傍晚飞回大和
　　令人羡慕的大雁

此歌，作歌之年不审也。但，以歌类便载此次。

大宰少贰石川朝臣足人[2]歌一首

955　众多的官人
　　以佐保山为家
　　你[3]正在怀念吧

---

1. 膳王：可能与膳部王为同一人物，前出，见卷三·442歌名。
2. 大宰少贰石川朝臣足人：少贰，是大宰府的次官，相当于从五位下。足人，和铜四年（711年）从五位下，神龟元年（724年）从五位上。此歌是足人归京前作的。
3. 你：是指大伴旅人。

帅大伴卿和歌一首

大君御统的国度　　956
大和与此处相同

冬十一月¹，大宰官人等奉拜香椎庙²讫，退归之时，马驻于香椎浦³各述怀作歌，帅大伴卿歌一首

伙伴们快去啊　　957
到香椎的海滩
不怕衣袖被打湿
去采摘海藻

---

1. 冬十一月：神龟五年（728年）十一月。
2. 香椎庙：位于今福冈市的香椎，祭祀仲哀天皇与神功皇后的宫殿。
3. 香椎浦：香椎附近的海湾，非固定地名。

大贰小野老[1]朝臣歌一首

958　　涨潮的风已吹起
　　　　香椎落潮的海湾
　　　　快采摘海藻

丰前守宇努首男人[2]歌一首

959　　往来常观赏
　　　　香椎的海滩
　　　　从明天以后
　　　　再也无缘相见

---

1. 小野老：前出，见卷三·328 注释。歌名记载的是大贰，并非当时的官职（少贰），而是升迁后的职位。
2. 宇努首男人：《政事要略》卷二十三记载，宇努首男人为丰前守期间，作为将军成功镇压了大隅日向的隼人之乱。神龟五年(728年)为止一直任丰前守，正六位上。首，日本古代的姓之一。

帅大伴卿遥思芳野离宫作歌一首

  隼人的濑户[1]巨岩　　960
   也无法比得上
   香鱼游动的吉野川

帅大伴卿宿次田温泉[2]闻鹤喧作歌一首

   温泉原野鹤鸣　　961
   如同我思念阿妹[3]
   声声鸣叫不停吧

---

1. 濑户:一般认为是隼人的黑濑户。花田昌治氏在《隼人之湍门》(《万叶》第二十九号,1958年10月)一文中提出,此处的濑户应该是门司市和布刈北与下关市坛浦之间的早鞆濑户。
2. 次田温泉:即武藏温泉,位于今福冈县筑紫郡二日市町。
3. 阿妹:此指亡故的大伴郎女。

天平二年[1]庚午，敕遣擢骏马使[2]大伴道足[3]宿祢时歌一首

962　深山的岩石

　　长满了青苔

　　如此盛情相邀

　　让我惶恐不已

此歌，敕使大伴道足宿祢飨于帅家。此日会集众诸，相诱驿使葛井连广成[4]，言须作歌词。登时广成应声即吟此歌。

1. 天平二年：730年。
2. 擢骏马使：奉敕命在各地挑选良马的官员。但当时九州是否有公牧场不详。由于随行的葛井广成是熟知新罗事务的人，因此有研究者推测道足可能因为处理从新罗进献良马的事情而到了九州。《续日本纪》中可见宝龟二年（771年）新罗献马的记载（参见小学馆《日本古典文学全集·万叶集》二）。
3. 大伴道足：庆云元年（704年）从五位下。历任赞歧守、弹正尹、民部大辅，天平元年，长屋王谋反发生时任权参议，同年升至正四位下，兼任右大弁。同年三月任参议，南海道镇抚使。卒于天平十三年。
4. 葛井连广成：原姓白猪史，养老三年（719年），大外记从六位下，作为敕使出使新罗，同年赐姓葛井连。天平十五年，新罗出使日本时，广成曾备九州应接。同年任备后守，从五位下。天平二十年，升至从五位上。天皇行幸时曾在府内举行宴会，与妻同时受赐正五位上。次年任中务少辅。《怀风藻》中有歌两首，《经国集》中收有文两篇。

夏山　高畠華宵

冬十一月，大伴坂上郎女发帅家上道[1]，超筑前国宗形郡名儿山[2]之时作歌一首

963　大汝和少彦名
　　神灵起的名字
　　虽然叫名儿山
　　可是难宽慰[3]
　　千分之一的恋情

---

1. "冬十一月"二句：歌名中，天平二年（730年）冬十一月，大伴坂上郎女在兄旅人之前先离开筑紫上京。
2. 宗形郡名儿山：宗形郡，即今福冈县宗像郡。名儿山，位于宗像郡津屋崎町和玄海町之间的山。
3. "虽然叫名儿山"二句："名儿山"发音 nagoyama 中的 nago 与"宽慰"一词的发音 nagusameru 中的 nagu 相近，因此在前后句中相关联。

同坂上郎女向京海路见滨贝作歌一首

我在苦恋心上人　　964

　　如果有时间

去拾忘情的贝壳[1]

---

1. 忘情的贝壳：原文中记作"恋忘贝"，意思是只要拾到贝壳，便能忘记恋情带来的痛苦。此歌是郎女沿海路上京时看到海滩上的贝壳所作。

冬十二月[1]，大宰帅大伴卿上京时，娘子作歌二首

965　通常会怎么做
　　心中顾虑重重
　　本想挥舞衣袖
　　却强忍着不动

966　大和路隐没云中
　　我这样挥舞衣袖
　　请别觉得失礼

此歌，大宰帅大伴卿兼任大纳言[2]，向京上道。此日马驻水城[3]，顾望府家。于时送卿府吏之中，有游行女妇。其字曰儿岛也。于是娘子伤此易别，叹彼难会，拭涕自吟振袖之歌。

---

1. 冬十二月：天平二年（730年）十二月。
2. 大宰帅大伴卿兼任大纳言：大伴旅人于天平二年起兼任大纳言，一直到过逝。
3. 水城：大宰府为防御外敌入侵而修建的水濠。

大纳言大伴卿和歌二首

去大和的路上　　**967**
经过吉备的儿岛[1]
想起筑紫的儿岛

自以为是大丈夫　　**968**
却在水城上拭泪

---

1. 吉备的儿岛：今冈山县儿岛半岛。古时曾是个海岛。

三年辛未[1],大纳言大伴卿在宁乐家思故乡[2]歌二首

969　能有一点时间
　　　也想去观看
　　　神奈备的深渊[3]
　　　已成了浅滩吧

970　栗栖的小野
　　　胡枝子散落时
　　　前去祭祀神灵

---

1. 三年辛未:大伴旅人于天平三年(731年)七月二十五日离世。
2. 故乡:此指大伴家族在迁居奈良之前的居住地飞鸟。
3. 神奈备的深渊:按照小学馆《新编日本古典文学全集》的说法,应该是雷丘的南半上山与甘橿丘之间流淌的飞鸟川附近的深潭。

花山　竹内栖鳳

四年壬申[1]，藤原宇合卿遣西海道节度使之时，高桥连虫麻吕[2]作歌一首并短歌

971　龙田山白云翻滚
　　霜露染红秋叶
　　你在山路上跋涉
　　越过无数山岭
　　来到御敌的筑紫
　　布置官兵守山野
　　在回声所及的地方
　　在蟾蜍能去的地方
　　巡查国土的情况
　　冬去春来的时候
　　像飞鸟快快归来
　　龙田山的路旁
　　杜鹃花开正红
　　樱花开得正旺
　　我将前去迎接
　　在你归来之时

1. 四年壬申：天平四年（732年）。
2. 高桥连虫麻吕：奈良时代初期的歌人，养老年间曾是常陆国守藤原宇合的部下，据说还参与过《常陆国风土记》的编写。擅长写长歌，传说歌与羁旅歌占多数。

反歌一首

即使敌军千万　　972
也不用费口舌
能将其全部俘获
你就是这样的勇士

此歌,检补任文,八月十七日任东山、山阴、西海道节度使。

天皇[1]赐酒节度使卿等[2]御歌一首并短歌

973　朕治理的国中
　　　远方有各地官府
　　　派你们去赴任
　　　可以安心游乐
　　　袖手君临天下
　　　朕尊为天皇
　　　亲手爱抚臣下
　　　抚摸臣下的头发
　　　等到归来的日子
　　　共饮庆功美酒
　　　丰盛的御酒啊

1. 天皇：即圣武天皇。
2. 节度使卿等：当时的节度使除了藤原房前和宇合兄弟外，还有多治比县守（山阴道节度使）。

反歌一首

勇士们上路 974
要加倍谨慎
所有的勇士们

此歌,御歌者,或云,太上天皇[1]御制也。

---

1. 太上天皇:即第四十四代元正天皇,父亲为草壁皇子,母亲为元明天皇。文武天皇的姐姐。灵龟元年(715年)至养老八年(神龟元年,724年)在位,其间《日本书纪》和养老律令完成。天平二十年(748年)崩,六十九岁。谥号为日本根子高瑞净足姬。

中纳言安倍广庭卿[1]歌一首

975 能活下去该多好
想延长短暂的生命

1. 安倍广庭卿：前出，见卷三·302注释。

五年癸酉[1]超草香山[2]时,神社忌寸老麻吕作歌二首

想去仔细观看　　976
难波潮落的海滩
为了去探望
家中等待的阿妹

径直走下去　　977
闪耀的难波海
是这样命名的

---

1. 五年癸酉:天平五年(733年)。
2. 草香山:位于生驹山西部,大阪府枚冈市日下町附近,古时称香草。

山上臣忆良沉疴¹之时歌一首

978 普通的男人们
　　都将虚度此生吧
　　无法流芳万代

此一首。山上忆良臣沉疴之时,藤原朝臣八束²使河边朝臣东人³令问所疾之状。于是,忆良臣报语已毕,有须拭涕悲叹,口吟此歌。

1. 沉疴:见卷五山上忆良作《沉疴自哀文》注释。
2. 藤原朝臣八束:藤原房前的第三子,天平十二年(740年)从五位下。历任治部卿、参议、中务卿、大宰帅、中纳言等职务。天平神护二年(766年),升任大纳言。同年三月十二日没。天平宝字四年(760年),受赐"真楯"之名。据说是《万叶集》的编纂者之一。为人宽宏明达。比起堂兄仲麻吕,与橘诸兄与家持的关系更亲近。
3. 河边朝臣东人:天平神护三年,正六位升至从五位下。宝龟元年(770年),任石见守。

大伴坂上郎女与侄家持从佐保还归西宅歌一首

心上人衣着单薄　　979
　　佐保的风啊
　　不要吹得太猛
　　等他回到家中

晓夜　横山大观

安倍朝臣虫麻吕[1]月歌一首

三笠山太高了吧　　980
月亮还没出来
已经夜色阑珊

---

1. 安倍朝臣虫麻吕：前出，见卷四·665注释。

大伴郎女月歌三首

981 猎高[1]的高圆山太高
月亮迟迟不来照耀

982 夜里降下迷雾
眼望朦胧月夜
心中无限悲伤

983 山顶的小壮士[2]
缓缓渡过天空
令人赏心悦目

此一首歌。或云，月别名曰佐散良衣[3]壮士也，缘此辞作此歌。

---

1. 猎高：《大和志》（添上郡猎高野）一条中有"在鹿野苑村"的记述。泽泻久孝氏认为猎高应该是今奈良县东南部的鹿野苑，在高圆山西麓，是高圆山自然延续的一部分。
2. 小壮士：月亮的别称。
3. 佐散良衣：读作 sasarae，细小的意思。

丰前国娘子[1]月歌一首

（娘子字曰大宅，姓氏未详也。）

浓云隐没踪迹   **984**
我思恋的月亮
你也想看到吗

---

1. 丰前国娘子：除旁注中文字记载外，其他所传不详。

汤原王月歌二首

985 天上的月亮壮士
　　　向你献上礼物
　　　愿今夜长五百日

986 在近处的乡里
　　　难得你说要来
　　　月亮才照耀吗

藤原八束朝臣月歌一首

我期待的月亮　　987
隐没在三笠山后

市原王宴祷父安贵王歌一首

春草终将枯萎　　988
磐石屹立不变
我尊敬的父君

汤原王打酒歌[1]一首

千锤百炼的长刀　　989
锻造分明的刀棱
大丈夫祝福的美酒
让我酩酊大醉

---

1. 打酒歌：即饮酒歌。

纪朝臣鹿人[1]迹见[2]茂冈[3]之松树歌一首

990　茂冈神圣的松树
　　　傲然屹立千年
　　　无法判断树龄

同鹿人至泊濑河边作歌一首

991　泊濑川的激流
　　　在岩石上奔腾
　　　永远不会枯竭
　　　我还会来观赏

1. 纪朝臣鹿人：即纪女郎，前出，见卷四·643旁注。
2. 迹见：在奈良县樱井市、矶城郡初濑町、宇陀郡榛原町之间的交界地带有座鸟见山。迹见大约位于鸟见山边吉隐一侧。
3. 茂冈：不明。或是固有地名，或是用作一般名词，指树木茂密的山冈。

大伴坂上郎女咏元兴寺[1]之里歌一首

故乡飞鸟虽好

奈良明日香

更赏心悦目

992

---

1. 元兴寺：曾建于奈良，后被烧毁。佛塔的基石遗迹残存在奈良市芝新屋町。原为苏我氏于崇峻天皇元年建于飞鸟（今奈良高市郡明日香），名为法兴寺，后改作元兴寺。奈良迁都时与都城一起迁走，当地也留下了寺址（今飞鸟大佛所在处）。

夕蛍　高畠華宵

同坂上郎女初月歌一首

如三日的新月　　993
不断搔弄眉毛[1]
日月常思念
终于见到了你

大伴宿祢家持初月歌一首

仰望三日新月　　994
想见过一面的人
弯弯的细眉毛

---

1. 搔弄眉毛：前出，见卷四·562注释。

大伴坂上郎女宴亲族歌一首

995　一直这样畅饮吧
　　　草木在春天繁茂
　　　秋天便会凋零

六年甲戌[1]，海犬养宿祢冈麻吕应诏歌一首

996　身为天皇的臣民
　　　活得很有意义
　　　天地繁荣兴旺
　　　有幸生在盛世

---

1. 六年甲戌：天平六年（734年）。

春三月,幸于难波宫[1]之时歌六首

住吉粉滨[2]的蚬贝　　997

不开口表达恋情

在暗自思恋吧

此一首,作者未详。

看似云间的眉毛　　998

去阿波山[3]的航船

不知将停泊何处

此一首,船王[4]作。

---

1. 春三月,幸于难波宫:此次行幸见于《续日本纪》:天平六年(743年)"三月辛未(十日)行幸难波宫……戊寅(十七日)车驾发自难波,宿竹原井顿宫。庚辰(十九日),车驾还宫。"
2. 粉滨:具体所在不详。现在住吉神社西北部有几处叫粉浜的地名。
3. 阿波山:阿波国(今德岛县)的山。
4. 船王:舍人亲王之子,淳仁亲王之兄。神龟四年(727年),无位升至从四位下。天平宝字六年(762年),为二品亲王。其间历任弹正尹、治部卿、信部(中务)卿、大宰帅等职。因藤原仲麻吕谋反事件牵连,被降为王,流放隐歧。

999　　千沼[1] 附近在下雨
　　　　四极[2]的渔夫们
　　　　晾晒的鱼网
　　　　被雨水打湿了吧

　　　　此一首，游览住吉滨还宫之时，道上守部王[3]应诏作歌。

1000　如果你在这里
　　　　二人一起倾听
　　　　海滩破晓的鹤鸣

　　　　此一首，守部王作。

1. 千沼：或记作"血沼"，大阪市南部至泉大津市附近一带。《古事记》神武天皇的一条中记载，东征时五濑命在此地洗净伤口的血，因此得此名。
2. 四极：据说是大阪市住吉区至东住吉区东南部一带。
3. 守部王：舍人亲王之子。天平十二年（740年）正月，无位升至从四位下，十一月从四位上。

大丈夫将去狩猎　　1001
少女们身穿红裙
在清净的海边漫步

此一首,山部宿祢赤人作。

快让马儿停步　　1002
去住吉的海岸
染上黄土的颜色

此一首,安倍朝臣丰继[1]作。

---

1. 安倍朝臣丰继:天平九年(737年),外从五位下升至从五位上。

筑后守外从五位下葛井连大成[1]遥见海人钓船作歌一首

1003　渔家的少女们
　　　好像在采珍珠
　　　波涛汹涌的海面
　　　能望见出海的船

---

1. 葛井连大成：前出，见卷四·576 注释。

桉作村主益人歌一首

没料想君来访 1004
未聆听佐保川
金袄子的鸣叫
便启程归去

此歌，内匠大属[1]桉作村主益人聊设饮馔，以飨长官佐为王[2]，未及日斜王既还归。于时益人怜惜不厌之归。仍作此歌。

1. 内匠大属：属内匠寮的令外官，神龟五年八月设置，属于中务省管理，负责工匠技术的公事设施的铺设。
2. 长官佐为王：长官即内匠头，佐为王是美努王之子，母亲为县犬养橘三千代，橘诸兄的弟弟。和铜七年（714年），无位升至从五位下，养老五年（721年），升至从五位上。曾同山上忆良一起担任过东宫侍讲。天平八年（736年），与橘诸兄一起上表，被降为臣籍。（见卷六·1009左注）翌年八月正四位上，任中宫大夫兼右兵卫率时殁。

八年丙子夏六月，幸于芳野离宫之时¹，
山部宿祢赤人²应诏作歌一首并短歌

1005　御统天下的大君
　　　身居吉野宫
　　　高山白云缭绕
　　　激流水声喧嚣
　　　景色庄严神圣
　　　令人无比尊敬
　　　此山不再屹立
　　　此河不再流淌
　　　宫殿才会消失

　　　反歌一首

1006　天皇自神代起
　　　往来于吉野宫
　　　建造雄伟的宫殿
　　　此处山川秀丽

1. 幸于芳野离宫之时：歌名所记此次行幸具体时间为，天平八年（736年）六月二十七日行幸，七月十三日还幸。
2. 山部宿祢赤人：前出，见卷三·317注释。

市原王悲独子[1]歌一首

不能言语的树木　　1007
也有兄和妹
我身为独子
让人苦不堪言

---

1. 独子：自《代匠记》起始终将"独子"解释为市原王的独子。但泽泻氏认为此处应该解释为市原王为自身是独子而伤感作歌。理由是市原王与能登内亲王之间生有五百井女王和五百枝王子两个孩子。内亲王逝于天应元年（781年），四十九岁。但天平八年（736年），市原王作此歌时内亲王才四岁。市原王于天平十五年初叙位，年纪尚小，因此不可能是为少之女而悲叹，应该是为自身是独子而叹息。

雪月花　高橋松亭

忌部首黑麻吕[1]恨友赊来[2]歌一首

山顶踌躇的月亮　　1008
已经升起来了
我在等待你
已经夜阑更深

---

1. 忌部首黑麻吕：天平宝字二年（758年），正六位上升至外从五位下。翌年受赐连姓。天平宝字六年，任史局助。
2. 恨友赊来：恨友迟来的意思。赊，即缓之意。

冬十一月¹，左大弁葛城王²等赐姓橘氏之时御制歌³一首

1009　橘树开花结果

叶子也鲜艳无比

枝干历经寒霜

生生不息的树

此歌，冬十一月九日，从三位葛城王，从四位上佐为王等，辞皇祖之高名，赐外家之橘姓已讫。于时，太上天皇皇后共在于皇后官，以为肆宴而即御制贺橘之歌，并赐御酒宿祢等也。或云，此歌一首太上天皇御歌。但天皇皇后御歌各有一首者，其歌遗落，未得探求焉。今检案内，八年十一月九日，葛城王等愿橘宿祢之姓上表。以十七日依表乞赐橘宿祢。

1. 冬十一月：和铜元年（708年）十一月。
2. 葛城王：即橘诸兄。美努王之子，佐为之兄。母亲为县犬养橘三千代。和铜三年（710年），无位升至从五位下，天平元年（729年）正四位下，左大弁。天平三年任参议，天平四年时升至从三位。天平八年被降为臣籍，天平九年任大纳言，天平十年升至正三位右大臣。天平十二年升至从二位，同年升至正二位。天平十五年升至从一位左大臣。天平十八年兼任大宰帅。天平胜宝元年（749年）正一位，胜宝二年受赐朝臣之姓，胜宝八年辞官。在藤原不比等及其子时代后出现了诸兄的时代。后来随着藤原仲麻吕势力的抬头而辞官。与大伴家持有深交，据说《万叶集》的编纂出于诸兄的提议。
3. 御制歌：圣武天皇的御歌。

橘宿祢奈良麻吕[1]应诏歌一首

深山的杉树　　**1010**
被雪压弯枝头
即使雪再大
橘实会落地吗

1.橘宿祢奈良麻吕:橘诸兄的儿子。母亲为藤原不比等的女儿多比等。天平十二年(740年),无位升至从五位下,历任大学头、摄津大夫、民部大辅等职。天平胜宝元年(749年)从四位上、从侍从升至参议。天平胜宝四年任但马、因幡按察使,兼任伯耆、出云、石见的非违检校。天平胜宝六年正四位下,天平胜宝九年六月任右大弁。同年正月父亲诸兄没,为抵抗日益强大的藤原仲麻吕的势力,开始密谋皇太子废立之事以打倒仲麻吕。同年六月末被发现,七月被捕,被处分,用刑情况不明。仁明天皇时代,因身为皇太后之祖父,受赐大纳言从三位官位。随后又受赐太政大臣正一位。

冬十二月十二日，歌舞所[1]之诸王臣子等，集葛井连广成家宴歌二首

比来[2]古舞[3]盛兴，古岁渐晚。理宜共尽古情，同唱古歌。故拟此趣辄献古曲二节。风流意气之士倘有此集之中，争发念心心和古体。

1011　我园中梅花开
　　　派人去告知
　　　如同催你来
　　　飘散也无妨

1012　春来梅花开放
　　　我园中的假山
　　　黄莺在鸣叫
　　　请随时光临

---

1. 歌舞所：掌管歌舞的役所。
2. 比来：近来、最近的意思。
3. 古舞：指日本传统舞蹈。

梅花小鳥　狩野探信

九年[1]丁丑春正月，橘少卿[2]并诸大夫等，集弹正尹[3]门部王家宴歌二首

1013 早知君光临
门前和园中
应该铺上珠玉

此一首，主人门部王（后赐姓大原真人氏也）。

1014 前天昨天今天
天天都相见
明天也盼你来

此一首，橘宿祢文成[4]（即少卿之子）。

---

1. 九年：天平九年（737年）。
2. 橘少卿：即橘佐为。
3. 弹正尹：弹正台的长官。弹正台主要负责整治社会风俗，是监察五畿七道的非法行为及事端的役所。
4. 橘宿祢文成：橘佐为之子，所传不详。

榎井王后追和歌一首

（志贵亲王之子也。）

　　　　　　铺上珠玉等待　　1015
　　　　　　不如突然造访
　　　　　　今夜更有乐趣

春二月¹，诸大夫等集左少弁²巨势宿奈麻吕³朝臣家宴歌一首

　　　　　　我想亲眼目睹　　1016
　　　　　　风流人士的狂欢
　　　　　　渡过遥远的航程
　　　　　　不辞辛苦而来

此一首，书白纸悬着屋壁也。题云："蓬莱仙媛所化囊蘰⁴，为风流秀才之士矣。"斯凡客不所望见哉。

---

1. 春二月：天平九年（731年）二月。
2. 左少弁：相当于正五位下，次于左大弁。
3. 巨势宿奈麻吕：于神龟五年（728年），正六位下升至外从五位下。翌年审问长屋王之际作为少纳言参与，同年升至从五位下。天平五年（733年），升至从五位上。
4. **囊蘰**：意思难解，到底是囊与蘰，还是囊状的蘰，意思不明。其中"蘰"为日语字。

夏四月[1]，大伴坂上郎女奉拜贺茂神社[2]之时，
便超相坂山[3]，望见近江海[4]而晚头[5]还来作歌一首

1017　今日翻越手向山
　　　我将在何方荒原
　　　结茅庐野宿

1. 夏四月：天平九年（737年）四月。
2. 贺茂神社：京都市北区上贺茂的贺茂别雷神社及左京区下鸭的贺茂御祖神社。
3. 相坂山：又记作逢坂山或合坂山，位于京都市与大津市的交界处，是从山城进入近江的要冲之地。平安时代以后的文学中时常出现。在京城迁往山城以前，此山是中央与地方的分界线。
4. 近江海：即琵琶湖。
5. 晚头：黄昏之时。

十年[1]戊寅，元兴寺之僧自叹歌一首

人们不识珍珠　　1018
不识就不识吧
即使人们不识
只要我识珍珠
不识就不识吧

此一首。或云，元兴寺之僧，独觉多智，未有显闻，众诸狎侮。因此，僧作此歌自叹身才也。

---

1. 十年：天平十年（738年）。

◎原歌三十一个音中，出现了六次 sira 的音，这里以七个"识"对应，以体现原歌的律动感和绕口令式的音响效果。

石上乙麻吕[1]卿配土佐国之时[2]歌三首并短歌

1019　石上布留君

沉迷于女色

如马儿捆上绳索

野兽被弓箭围困

遵从大君的旨令

流放到荒山野岭

还能从真土山[3]

很快归来吗

1. 石上乙麻吕：石上麻吕的第三子。神龟元年（724年），正六位下升至从五位下。天平四年（731年）从五位上，任丹波守。同年升至从四位下，左大弁。十一年被发配土佐。十五年从四位上。此后历任西海道巡察使、治部卿、常陆守、右大弁等职。二十年升至从三位。天平胜宝元年（749年）任中纳言，同二年兼任中务卿时殁。《怀风藻》中有诗作四首。
2. 配土佐国之时：麻吕因与久米连若卖（藤原宇合妻，藤原百川之母）恋爱而受处罚。若卖被流配下总国。乙麻吕被发配土佐。时间发生在天平十一年三月二十八日，翌年六月十五日大赦时乙麻吕未被赦免。直至天平十三年九月八日大赦时才获赦免。此歌配列在天平十年的一组中，原因不明。
3. 真土山：又记作信土山、又打山等。位于从大和进入纪伊的桥本市真土附近。

舞妓　北野恒富

1020 1021[1]

遵从大君的旨令

前往比邻的国中

我心爱的夫君

说出来令人敬畏

住吉的现人神[2]

请镇坐在船头

顺利路过海岛

平安穿过礁矶

不要遇上风浪

一路无病无恙

愿早日返回故乡

1. 原文的前五句（译文为前三句）历来被看作是短歌，从"说出来令人敬畏"开始是长歌。《国歌大观》因此将此歌的歌号标记为"1020、1021"。
2. 现人神：化作人形的神。住吉神社祭奉的保佑航海安全的海神。

我是父君的爱子　　1022
我是母上的爱子
　去京城的人们
在恐坂[1]敬献币帛
　我一路向前行
　遥远的土佐路

反歌一首

大崎神的小浜[2]　　1023
　虽然港口狭小
却聚来无数船只
　无人不说停泊

1. 恐坂：越过真土山往土佐去的途中的坡道，具体所在不详。
2. 大崎神的小浜：今和歌山县海草郡下津町大崎，传说是神镇座的海滨。

秋八月二十日[1]，宴右大臣[2]橘家歌四首

1024　长门[3]的借岛[4]
　　　在遥远的海面上
　　　我深深怀念的人
　　　希望能长寿千年

　　　此一首，长门守巨曾倍对马[5]朝臣。

1025　深深关心我的人
　　　祝你也长寿
　　　活千岁五百岁

　　　此一首，右大臣和歌。

1. 秋八月二十日：天平十年（738年）八月二十日。
2. 右大臣：即橘诸兄。
3. 长门：作者身为长门守，因此在开头处提起长门。
4. 借岛：有多种说法，一是认为借岛是山口县阿武郡田万川町江崎海中的加礼岛，二是下关市西北海上的盖井岛（或称奥津借岛），此外还有下关市东方海上说及萩市鹤江台说等。
5. 巨曾倍对马：天平四年（732年）八月，任山阴道节度使的判官，外从五位。

大宫人今日无暇　　1026

又不能去乡里吧

此一首,右大臣传云,故丰岛采女歌。

桥下的路通四方　　1027

我在胡思乱想

不让人知道

此一首,右大弁高桥安麻吕[1]卿语云,故丰岛采女之作也。但或本云,三方沙弥[2]恋妻苑臣[3]作歌。然则,丰岛采女当时当所口吟此歌欤。

1. 高桥安麻吕:养老二年(718年),正六位上升至从五位下,任宫内少辅。神龟元年(724年),任宫内大辅,从五位上,兼征夷副将军。翌年因功受勋五等,升至正五位下。天平四年(732年)右中弁,九年正五位上。十年从四位上,任大宰大贰。但任右大弁之事《续日本纪》中没有记载。
2. 三方沙弥:前出,见卷二·123注释。
3. 苑臣:前出,见卷二·123注释。

十一年[1]己卯,天皇游猎高圆野[2]之时,
小兽泄走[3]都里[4]之中。于是适值勇士生而见获。
即以此兽献上御在所副[5]歌一首

(兽名,俗曰牟射佐妣[6]。)

1028　勇士在高圆山追赶
　　　鼯鼠才逃入城中

此一首,大伴坂上郎女作之。但,未经奏而小兽死毙。因此献歌停之。

1. 十一年:天平十一年(739年)。
2. 高圆野:高圆山脚下的原野。
3. 泄走:即逃遁之意。
4. 都里:即都城中。
5. 副:同"附"。
6. 牟射佐妣:读作 musasabi,即鼯鼠。

十二年[1]庚辰冬十月,
依大宰少贰藤原朝臣广嗣[2]谋反发军,幸于伊势国[3]之时,
河口行宫[4]内舍人大伴宿祢家持作歌一首

在河口的荒野　　1029
搭起茅庐露宿
经过了几个夜晚
想枕阿妹的手臂

1. 十二年:天平十二年(740年)。
2. 藤原朝臣广嗣:当时为大宰少贰的广嗣向朝廷呈上表文,试图弹劾橘诸兄为首的新政力量。同时为排除幕后真正的实力者僧玄昉及吉备真备,广嗣在筑前举兵谋反。朝廷派遣大将军大野东人率兵万余人平定了谋反。广嗣被处斩刑。
3. 幸于伊势国:广嗣谋反事件发生后,朝廷惊异之中于九月十一日派遣奉币使赴伊势神宫祭祀。十月十九日,任命造伊势国行宫司,同月二十九日,圣武天皇离开平城京行幸东国。十二月十五日,到达山背国的恭仁宫,直到天平十六年,那里一直是都城。
4. 河口行宫:十一月二日至十二日间的行宫,又称关宫位于三重县一志郡白山町川口。

阿寒湖夕照　高畠华宵

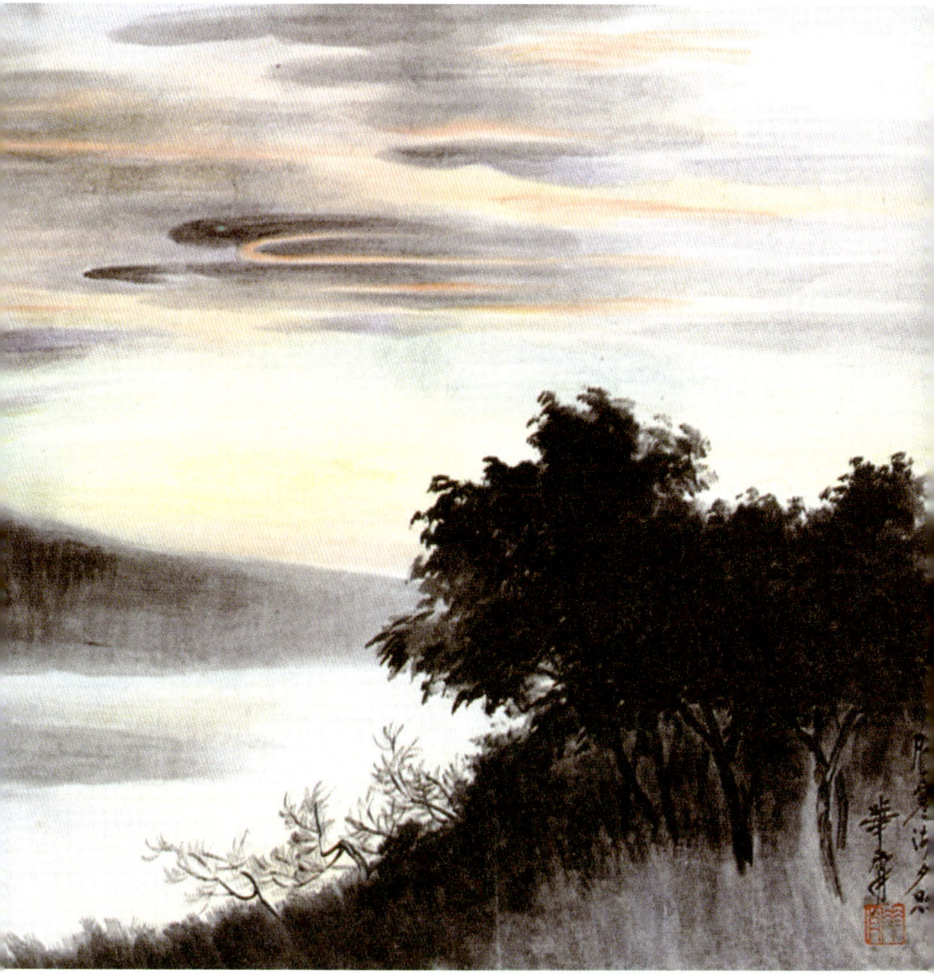

天皇御制歌一首

1030 从吾松原[1]远眺
　　　退潮的海滩上
　　　鹤鸣叫着飞过

此一首，今案吾松原在三重郡，相去河口行宫远矣。若疑御在朝明行宫[2]之时所制御歌，传者误之欤。

1. 吾松原：关于吾松原有各种说法，或说是个普通名词，或说是固定地名。不过在日本，叫松原的地方很多，像志摩英虞松原、安浓松原、三重郡的赤松原和铃鹿市的若松原等。按照左注所说，可能是在朝明行宫时所作。
2. 朝明行宫：位置所在不详。《续日本纪》记载，十一月二十三日从铃鹿郡赤坂顿宫出发至朝明郡。明治二十九年（1896年），朝明郡并入南三重郡，《和名抄》记载朝明郡有田光、杖部、额田、大金、丰田、训霸六乡。

丹比屋主真人[1]歌一首

思念留下的人　　　1031

在思泥崎[2]献币帛

祈祷平安无事

此歌案，此歌者不有此行之作乎。所以然言，敕大夫从河口行宫还京，勿令从驾焉。何有咏思泥埼作歌哉？[3]

1. 丹比屋主真人：神龟元年（724年），正六位上升至从五位下，任大藏少辅。天平十七年（745年）从五位上，翌年任备前守。同二十年正五位下。天平感宝元年（749年），任左大舍人头。同时期有位同姓的家主，有研究者认为两者为同一人。不明。
2. 思泥崎：《延喜式·神名帐》记载，朝明郡二十四座（神位）之中，有一处志氏神社，据说就是那里，位于今四日市。
3. 左注认为此歌并非行幸之作，原因是丹比屋主真人奉敕命从河口回京，并未随行到思泥崎。"不有此行之作乎"中的"不有"属汉语表达的误用。

狭残行宫，大伴宿祢家持作歌二首

1032　　跟随大君行幸
　　　　离开阿妹的臂弯
　　　　已经过了数月

1033　　供奉御膳的志摩[1]
　　　　渔夫乘熊野小船[2]
　　　　在风浪里航行

---

1. 志摩：曾是负责为御膳提供海鲜的国家。
2. 熊野小船：由于熊野处于外海，此地人古来造船和驾船的技能很高，船的性能优良，熊野因此闻名。

美浓国多艺行宫[1]，大伴宿祢东人[2]作歌一首

从远古流传至今　　1034
返老还童的神水[3]
不负盛名的瀑布

---

1. 美浓国多艺行宫：《续日本纪》记载，圣武天皇一行于十一月二十六日到达当伎郡，但行宫的位置不明。
2. 大伴宿祢东人：天平宝字二年（758年）从五位下，历任武（兵）部少辅、散位助、周访守等职。宝龟六年（775年），任弹正弼。
3. 神水：此指美浓国当耆郡多度山的美泉。灵龟三年（717年），元正天皇曾行幸美浓，还京后宣诏说，美泉有治病和使人返老还童之功效，古书也称其为大瑞，因此改年号为养老。位于今歧阜县养老郡养老町。

飞泉 横山大观

大伴宿祢家持作歌一首

田迹川[1]激流清澈　　1035
　自古建造宫殿
　在多艺的原野上

1.田迹川：发源于养老瀑布，流经养老町西部、海津郡南浓町北部，注入揖斐川。

不破行宫¹大伴宿祢家持作歌一首

1036　如果没有关所
　　　立刻返回家中
　　　枕阿妹手臂而眠

十五年²癸未秋八月十六日，
内舍人大伴宿祢家持赞久迩京³作歌一首

1037　新建的久迩京
　　　眼望清新的山河
　　　一看便知是都城

---

1. 不破行宫：圣武天皇一行于十二月一日到达，停留了六天。行宫可能曾建于岐阜县不破郡垂井町府中及宫代附近，具体不明。
2. 十五年：天平十五年（743年）。
3. 久迩京：《续日本纪》记载，天平十二年十二月十五日开始营建，天平十五年十二月二十六日停建。

高丘河内连[1]歌二首

故乡并不遥远　　1038
只需越过一重山
却让我思念不已

如果我们二人　　1039
能厮守在一起
不管山有多高
也不怕没有月光

---

1. 高丘河内连：百济归化僧之子。原姓乐浪，神龟元年（724年）改为高丘。任播磨国大目时因营造正仓院有功，和铜五年（721年）受褒赏，叙位正六位下，任东宫侍讲。其后历任右京亮、造宫辅、伯耆守等职。天平胜宝六年（754年）升至正五位下。

盆景松树　铃木春信

安积亲王宴左少弁藤原八束朝臣家之日，
　　内舍人大伴宿祢家持作歌一首

　　　　　天降大雨吧　　1040
　　　　　今夜在阿妹家
　　　　　等天亮再离去

十六年[1]甲申春正月五日，
诸卿大夫集安倍虫麻吕朝臣家宴歌一首
　　　　　　　（作者不审。）

　　　　　我家的园中　　1041
　　　　　等待你的松树
　　　　　枝头落满了雪花
　　　　　想走又不能走
　　　　　只有在此等候

---

1. 十六年：天平十六年（744年）。

同月十一日,登活道冈集一株松下饮歌二首

1042 这一棵孤松
　　 经历了多少年代
　　 风吹声音清晰
　　 经历了无数风霜

　　 此一首,市原王作。

1043 不知命有多长
　　 结松枝祈愿
　　 希望能够长寿

　　 此一首,大伴宿祢家持作。

伤惜宁乐京荒墟作歌三首

（作者不审。）

1044
红花[1]的颜色
深深染在心头
奈良的故都
经过了多少年

1045
如今才知道
世间的无常
目睹奈良都城
经历的沧桑

1046
能荣华重现吗
还想再看到
青翠的奈良京

1.红花：此花在夏季开鲜黄色的花朵，将花瓣采下可作染料和胭脂。这里用以比喻对旧都的深厚感情。

悲宁乐故乡作歌一首并短歌

1047 御统天下的大君
居住在大和国
从神代开始
代代御统国家
子孙繁衍不息
预言千百万年
在此治理天下
定奈良为都城
春天来临的时候
春日山三笠原野
开满樱花的枝头
布谷鸟叫个不停
秋天到来的时候
生驹山[1]的飞火岗[2]
胡枝子摇曳飞散
雄鹿呼唤伴侣
望山望不够
看乡里适合居住
官人们以为
这里的宫殿
会天长地久
如今的奈良京
已经改朝换代
大君前往新都

众人纷纷离去
宫人踏平的道路
不见马的行迹
也不见人的踪影
竟然如此荒凉

1. 生驹山：位于奈良县生驹郡与大阪府枚冈市之间。
2. 飞火岗：设有烽火台的高地。

反歌二首

1048　古都历经沧桑
　　　路上长满青草

1049　熟悉的奈良都城
　　　变得如此荒凉
　　　站在路上观望
　　　深深叹息不已

赞久迩新京歌一首并短歌

身为神灵的大君　　1050
天下的八岛之中
有无数的国家
有众多的乡里
群山秀丽的国度
河流汇集在乡里
在山城的鹿背山[1]
竖起高大的宫柱
布当宫[2]靠近河流
能听到河水喧嚣
布当宫靠近高山
能听到鸟儿鸣叫
秋来漫山遍野
雄鹿呼唤伴侣
春来山岗上
开满了花朵
美丽的布当原野
雄伟的大宫殿
英明的大君
采纳臣下的建议
在此建造宫殿

---

1. 鹿背山：位于今京都府相乐郡木津町东北部，临木津川。
2. 布当宫：即久迩宫，因宫殿建在布当而得此名，大约在相乐郡加茂町法华寺一带。

反歌二首

1051 　三日原[1]的布当
　　　原野清新洁净
　　　在此建造官殿

1052 　山高水清传百世
　　　庄严的大官殿

---

1. 三日原：久迩京的中心地带，是一处被四方山环绕的狭窄平地，今相乐郡山城町。

身为神灵的大君　　**1053**
建雄伟的布当宫
　高山林木繁茂
　激流水声淙淙
　黄莺鸣叫的春天
　　山下繁花似锦
　雄鹿求偶的秋天
　　阵雨打落红叶
　　子孙繁衍不息
　　永远御统天下
　　千秋万代不变
　　庄严的大宫殿

反歌五首

1054　泉水流尽的时候
　　　 官殿才随之衰败

1055　看布当山连绵不断
　　　 大官殿永远不变

1056　少女纺麻的鹿脊山
　　　 时过境迁成为都城

1057　鹿脊山树木繁茂
　　　 黄莺朝朝鸣叫

1058　狛山[1]布谷鸟鸣叫
　　　 离河边渡口太远
　　　 不会飞到这里

---

1. 狛山：位于京都府相乐郡山城町南部中央地带的山。

虹与寺　小原古邨

春日悲伤三香原荒墟[1]作歌一首并短歌

1059　三香原久迩京

　　　　山高河水清澈

　　　　人说适合居住

　　　　我想也是好居处

　　　　荒凉的故都

　　　　登高远望国土

　　　　不见有人通行

　　　　到乡里去巡视

　　　　家家都荒凉

　　　　令人爱惜的地方

　　　　竟变成这种景象

　　　　祭神的鹿脊山

　　　　花开惹人爱

　　　　鸟鸣动人心

　　　　居住的好乡里

　　　　荒凉令人惋惜

1.三香原荒墟：天平十六年（744年）闰正月，天皇宣诏问百官及民众，恭仁（久迩）京和难波京到底定何处为都城。最终，绝大数民众支持定难波京为都城，久迩京从此成为故都。

反歌二首

三香原久迩京　　1060
如今这般荒凉
官人们已经离去

花开颜色不变　　1061
官人们已经不在

难波宫作歌一首并短歌

1062　御统天下的大君
　　　往来的难波宫
　　　坐落在海边
　　　靠近拾玉的海滨
　　　清晨能听见涛声
　　　傍晚风平浪静
　　　传来阵阵桨声
　　　破晓醒来倾听
　　　潮水退干时
　　　海湾的沙洲上
　　　鸻鸟呼唤伴侣
　　　苇丛传来鹤鸣
　　　目睹的人广为流传
　　　听说的人争相目睹
　　　提供御膳的味原[1]宫
　　　让人百看不厌

---

1. 味原：前出，参见卷六·928 注释。

反歌二首

难波宫靠近海边 1063
能看见渔家少女
在海上乘船航行

退潮的时候 1064
苇丛中骚动
百鹤齐鸣求偶
叫声在宫中回荡

过敏马浦[1]时作歌一首并短歌

1065　从八千矛神时起
　　　百舸停泊的港口
　　　八岛国的渔夫们
　　　选定敏马的海湾
　　　晨风中波浪翻滚
　　　傍晚海藻随浪漂
　　　岸边白色的沙滩
　　　流连观赏不够
　　　让人赞不绝口
　　　定会流传百代
　　　清澈的白色海滨

1. 敏马浦：今神户市滩区岩屋、大石附近的海域。

反歌二首

无数条船只　　1066
驶过敏马浦
这里不是海滨

海滨如此清洁　　1067
海湾如此美丽
自神代时起
有无数条船只
停泊在大和田浜[1]

此二十一首,《田边福麻吕之歌集》[2]中出也。

1. 大和田浜：神户市兵库区和田崎町附近的海滨。
2.《田边福麻吕之歌集》：田边福麻吕曾于天平二十年（748年）春天作为左大臣橘诸兄的使臣去过越中国，当时家持任越中守。田边当时为造酒司的令史，相当于大初位上，其他生平经历不详。《田边福麻吕歌集》主要是他的长歌及其在各地旅行时所作的歌。《万叶集》卷六结尾处的杂歌部分及卷九的挽歌部分比较集中地出现他的歌。

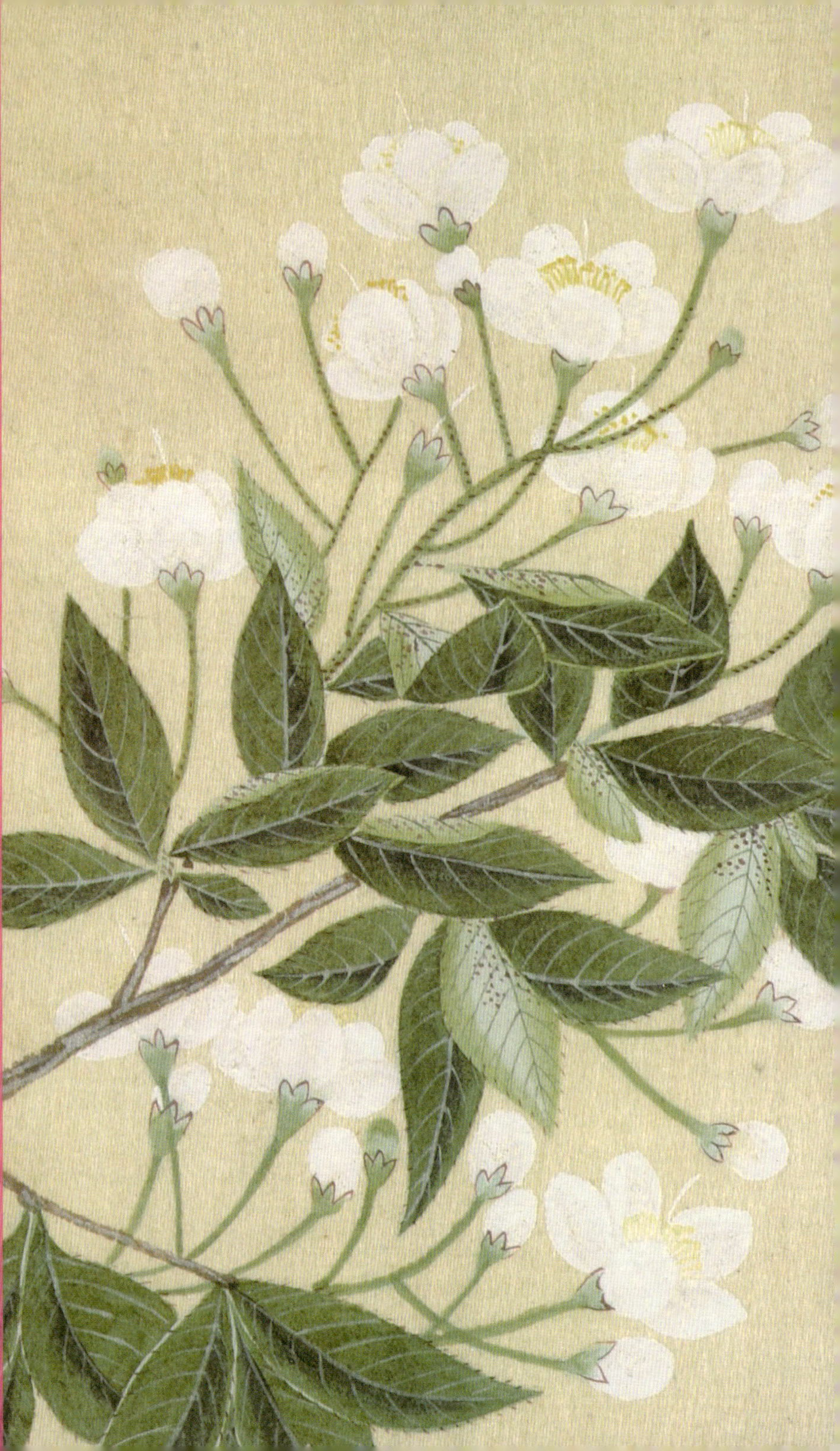

卷 七

鶴　神坂雪佳

杂 歌

咏天

1068　天空的大海上
　　　翻卷起云的波浪
　　　月亮的小船
　　　驶入星星的森林

　　　此一首,《柿本朝臣人麻吕之歌集》出。

咏月

平时全不在意　　1069
今夜月亮隐去
令人感到惋惜

大丈夫拉开弓　　1070
猎高[1]的荒野
清澈的月夜

等待踟蹰的月亮　　1071
从山巅上升起
不觉夜阑更深

明夜接上今夜　　1072
愿今夜月夜更长

---

1. 猎高：可能是奈良县奈良市东南高园山附近的旧地名。原指高园山西麓、鹿野原町一带，后来逐渐固定用作高园山的枕词。

1073　透过竹帘的缝隙
　　　　无心独自仰望
　　　　傍晚的月亮

1074　春日山的月亮
　　　　把阿妹的庭园
　　　　照得分外明亮

1075　海上航程遥远
　　　　是月光太黯淡吗
　　　　长夜正在破晓

1076　官人们外出游乐
　　　　今夜的月色清澈

漆黑的夜里 1077
渡过天空的月亮
快快停下来
能在西面的山冈
设上关卡吗

月亮移到此处 1078
现在该到了吧
阿妹出门等待

明镜般的月亮 1079
为何不照耀
被白布般的云
遮藏起来了吗
还是天上也起雾

天空上的明月 1080
从神代时起
便来回奔走吗
经历了漫长岁月

1081　漆黑的夜晚
　　　明月令人神往
　　　衣袖落上了露水

1082　如水中的宝玉
　　　清澈的月夜
　　　不觉已经破晓

1083　是降下霜露了吗
　　　看不见夜空的明月

1084　山巅踌躇的月亮
　　　何时能够升起
　　　我还继续等待吗
　　　黑夜即将破晓

向阿妹挥动衣袖　　1085
林间升起的月亮
不要被云朵遮住

　大伴的土地上　　1086
背箭囊的勇士们
　国家繁荣昌盛
　明月才会照耀

咏云

1087　痛足川[1]翻起波浪
　　　卷向[2]的弓月峰[3]上
　　　好像涌起了白云

1088　山间的河水喧嚣
　　　弓月峰白云翻滚

　　　此二首，《柿本朝臣人麻吕之歌集》出。

1089　海面上不见岛屿
　　　汹涌的波涛上
　　　飘浮着白云

　　　此一首，伊势从驾[4]作。

1. 痛足川：流经奈良县矶城郡大三轮町穴师的河，又叫卷向川。发源于卷向山，在三轮山北向西流淌，汇入初濑川。
2. 卷向：卷向山，或称缠向山，原为村名。
3. 弓月峰：卷向山的高峰。
4. 伊势从驾：此次伊势行幸是何时不明。与万叶有关的行幸共三次，持统六年（692年）春天，大宝二年（702年）冬和天平十二年（740年）冬。

云海凤凰山　吉田博

咏雨

1090　阿妹的红衣裙
　　　被雨水淋湿了吧
　　　今天的小雨里
　　　我也想被淋湿

1091　淋湿衣服的雨
　　　请不要落下
　　　阿妹定情的内衣
　　　贴在我的身上

雨中　小原古邨

咏山

1092　只是听过传闻
　　　卷向的桧原山[1]
　　　今天可以看到

1093　与三轮山相连
　　　喜欢连绵的卷向山

1094　我想把衣服染上
　　　三室山红叶的颜色

　　　此三首,《柿本朝臣人麻吕之歌集》出。

---

1. 桧原山:泊濑、卷向、三轮山一带生长着茂盛的桧树,因此便有了这种地名化的山名。此外还有初濑桧原、三轮桧原等地名。

1095
望祭神的三轮山
想起泊濑的桧原

1096
无意探知远古
我却在久久眺望
神圣的香具山

1097
人说你来巨势山[1]
可是你不会来
只是山的名字

1098
人说纪州道上
有一座妹山
二上山也有妹山

---

1. 人说你来巨势山:"巨势山"的读音 kose 与"靠近""过来"yokose 的谐音，构成此歌的意趣。

咏岳

1099　　去片冈山¹对面
　　　　在山顶撒下椎实
　　　　到了今年夏天
　　　　可以乘凉了吧

1.片冈山：若作为地名，指奈良县北葛城郡王寺町、上牧村、芝香町一带。若作为一般名词，与描述地势的特征有关，可能指一端延伸出去的山，或是一处孤独耸立的山。

咏川

卷向的痛足川 1100
河水流淌不绝
还将归来观赏

夜幕降临的时候 1101
卷向川[1]河水喧嚣
是山风太猛烈吧

此二首,《柿本朝臣人麻吕之歌集》出。

如三笠山的衣带 1102
山谷间的小溪
水流声淙淙

---

1. 卷向川:又作痛足川,前出,见卷七·1087 注释。

1103　想眼下看不见
　　　可是今天见到了
　　　吉野的大河湾[1]

1104　想策马看吉野川
　　　翻山来激流边游乐

1105　只耳闻没目睹
　　　吉野川的六田淀[2]
　　　今天见到了

1. 吉野的大河湾：可能指六田淀。
2. 六田淀：位于奈良县吉野郡吉野町六田，处于吉野川南岸。北岸的大淀町有北六田。

清澈的河边　　1106
金袄子鸣叫
今日观赏后
何时翻山再来

泊濑川的激流　　1107
如飞落的木棉花
河滩水流清澈
我前来观赏

泊濑川水流湍急　　1108
越过河滩的堤堰
传来喧嚣的水声

1109　桧隈川[1]水流湍急
　　　如果牵着你的手
　　　会有流言蜚语吧

1110　播种清净的种子
　　　寻找新垦的土地
　　　河水打湿了裹腿
　　　在这个河滩上

1111　古人也赞美吧
　　　布流川[2]淙淙水声

1. 桧隈川：发源于高取山，向北流经母傍山西，从橿原市云梯汇入宗我川，主要河段经过桧隈，故称。
2. 布流川：流经奈良县天理布留之地的河。

阿妹今天戴花冠　　1112
　更显天真烂漫
　走啊走啊去率川[1]
　河边水声潺潺

　小河上升起雾　　1113
　在喷涌的泉水旁
　　不会说出口

阿妹为我结衣纽　　1114
　还要来看结八川
　　一直到永远

　　阿妹结衣纽　　1115
　结八川的河心岛
　从前人们都见过
　　有谁能知道

---

1. 率川：发源于春日山，流经猿泽池附近，在柏木池附近汇入佐保川。

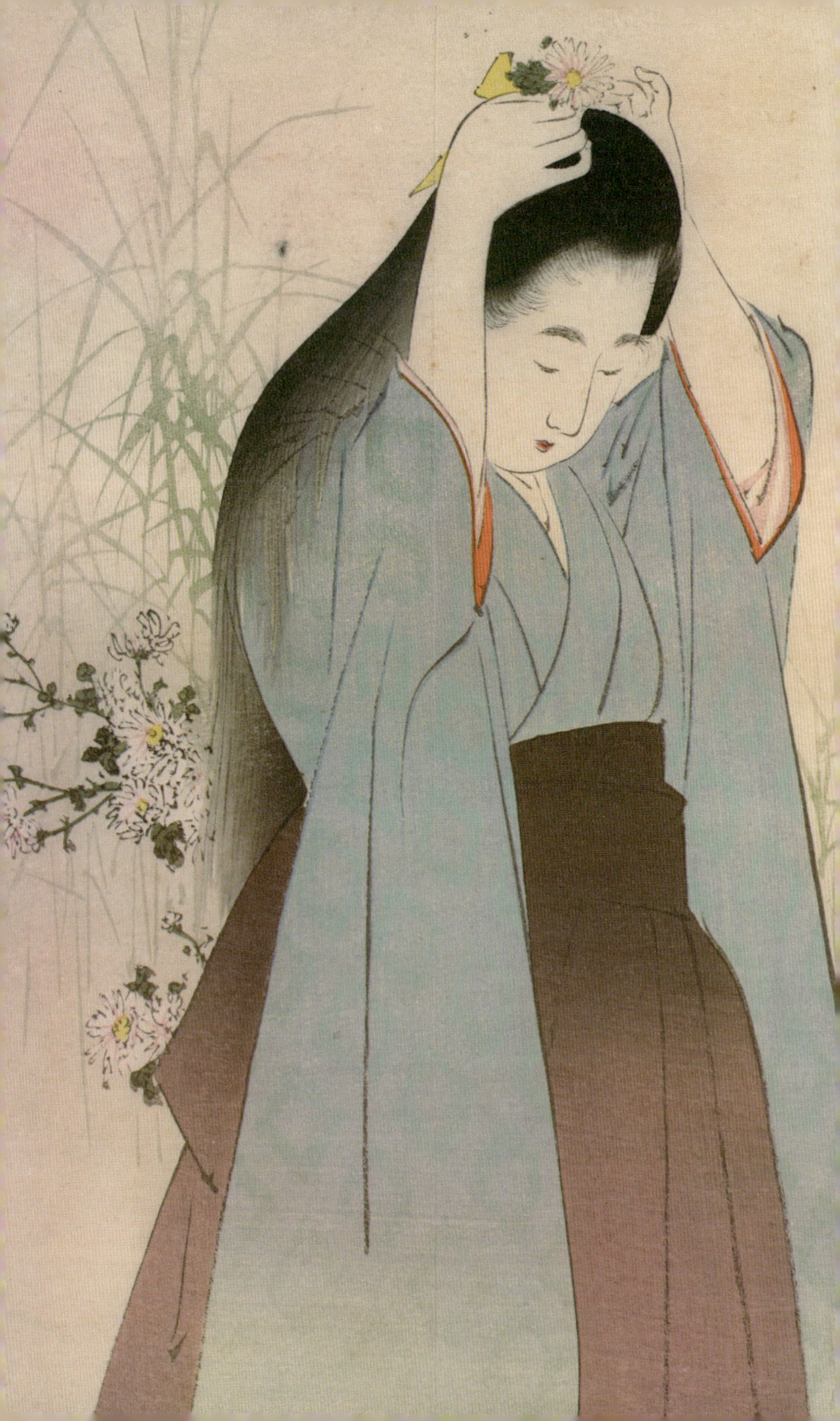

咏露

乌黑的头发　　1116
降下了霜露
用手去摘取
渐渐消逝了

咏花

环绕海岛而行　　1117
见礁矶上的花
任风吹浪打
一定要去摘下

咏叶

1118　　古人和我一样
　　　　去三轮的桧原
　　　　折来插头上吗

1119　　河水般逝去
　　　　昔日的人们
　　　　不再去折枝叶
　　　　只是悄然伫立
　　　　在三轮的桧原上

此二首,《柿本朝臣人麻吕之歌集》出。

咏萝

吉野的青根峰[1]　　1120
是谁织的苔席
竟然没有经纬

咏草

去阿妹家的路上　　1121
长满细竹和芒草
我要从这里经过
请倒伏在竹原上

---

1. 青根峰：位于吉野象川的上游。

咏鸟

1122 秋沙鸭落在山下
那条河滩啊
别溅起浪花

1123 佐保川清澈的河边
鸻鸟和金袄子鸣叫
难忘这两种声音

1124 佐保川跳跃的鸻鸟
已经夜阑更深
听着你的叫声
想睡也睡不着

思故乡

清澈的河滩上 **1125**
鸻鸟呼唤伴侣
山间有云雾吧
甘南备[1]的故乡

没经过多少岁月 **1126**
明日香河滩的渡石
如今已不见踪影

---

1. 甘南备：又记作神名火，或神奈备。

咏井

1127　飞落的泉水清冽
　　　让我不忍离去

1128　马醉木般繁华
　　　挖掘石井的人
　　　让人畅饮不够

咏倭琴

1129　抚琴先叹息
　　　阿妹躲在琴下吗

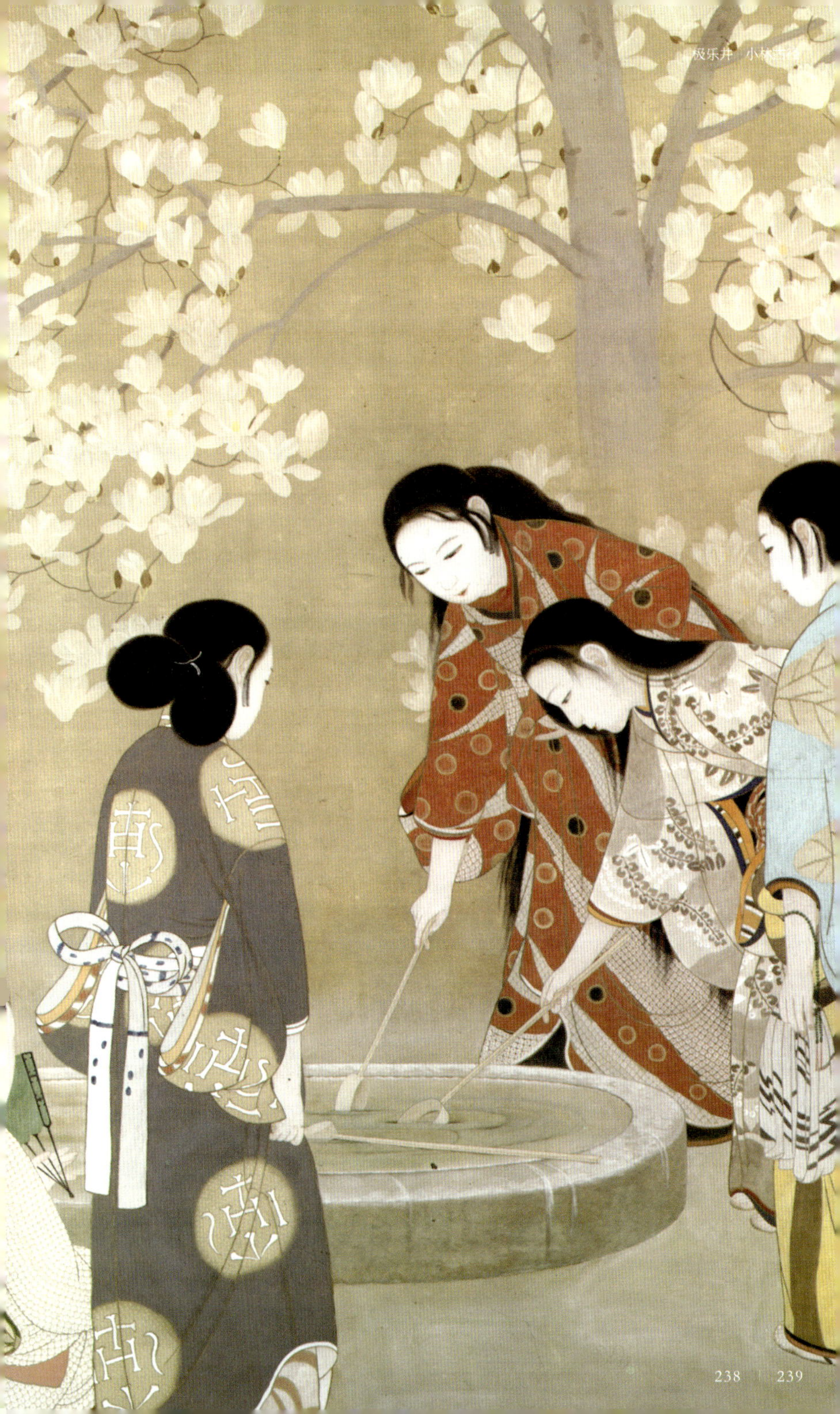

极乐井 小林古径

芳野作

1130 神圣的巨岩屹立
 望吉野的分水山[1]
 不禁悲从中来

1131 人人向往的吉野
 今天更令人心动
 山川如此清新

---

1. 分水山:古时的分水岭。现在吉野山上千本有分水神社,可能是分水山的位置。

梦境徒有虚名　　1132
今日来此观赏
日后会思念不已

身为皇祖神的宫人　　1133
我将常来探访

吉野川的岩石　　1134
和挺立的柏树
　会永远不变
我将常来探访
直到千秋万代

山背[1]作

1135　宇治川好像没有
　　　风平浪静的河湾
　　　架设鱼籪桩的渔夫
　　　四下呼唤小船

1136　宇治川的水藻
　　　流急无法捞取
　　　能当礼物该多好

1.山背：国名，又记作山代，包括今京都市、宇治市、城阳市以及乙训、久世、缀喜和相乐诸郡的地域。延历十三年（794年），改写为山城。

宇治人好作鱼簎桩　　1137
　如今我愿被拦下
　哪怕漂不来木屑

欲渡宇治川　　1138
　频频唤船来
　好像没人听见
　也没有划桨声

宇治川的河水　　1139
　太清澈了吧
　行人不忍离去

◎ 卷七・1137 的内容与仙柘枝歌有关，请参阅卷三・385—387。

山庄　高畠华宵

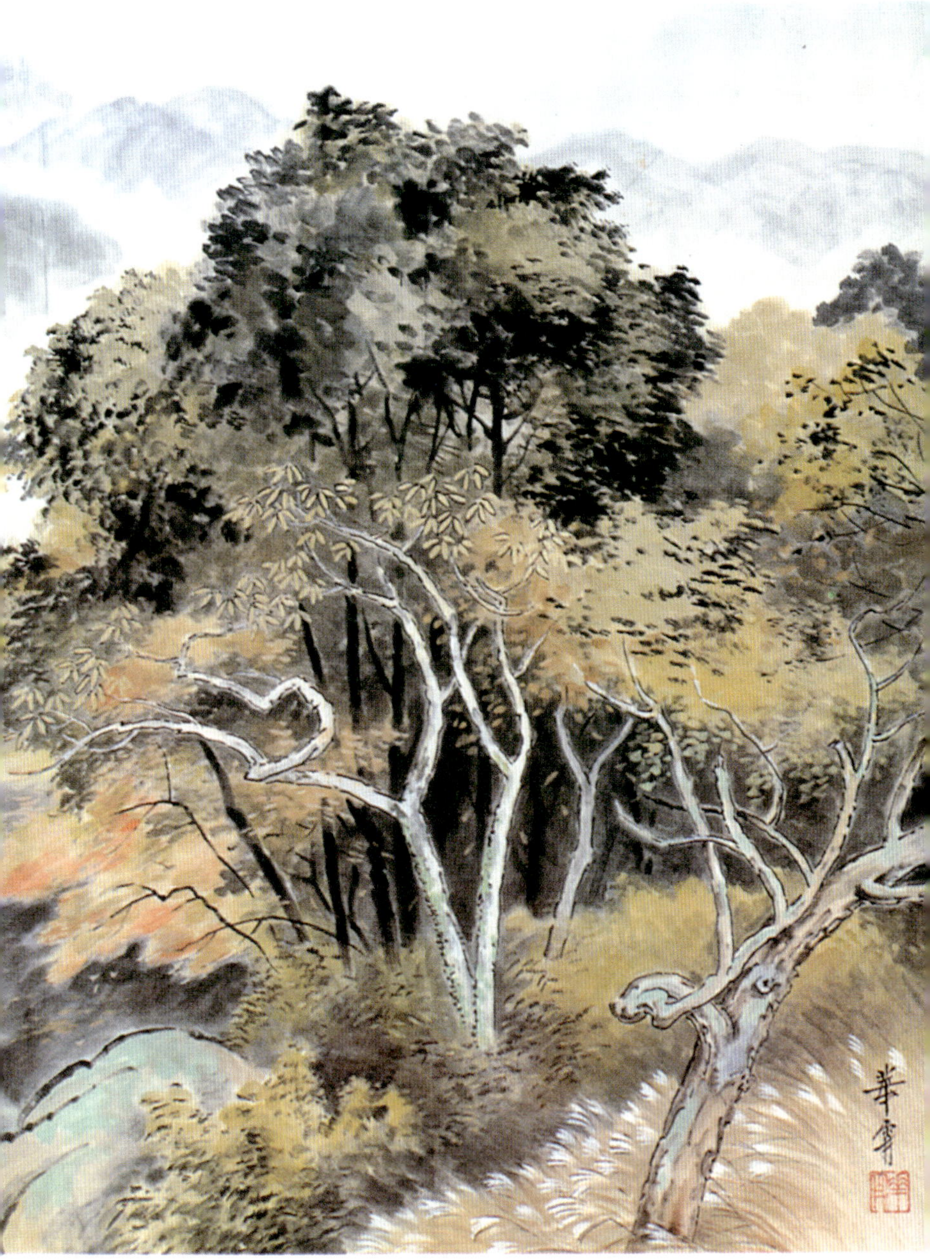

摄津[1]作

1140　来到猪名野
　　　有间山升起夕雾
　　　没有地方投宿

1141　武库川水太急吧
　　　枣红马溅起水花
　　　打湿了衣裳

1142　希望平安长寿
　　　岩石上飞落的激流
　　　用手掬来畅饮

1. 摄津：旧国名，五畿之一，一部分属今大阪府，一部分属今兵库县。

破晓时的堀江　**1143**
是松浦的船吧
传来响亮的桨声
是水流太急吧

满潮令人遗憾　**1144**
如果去住吉的岸边
沿海湾而行该多好

为阿妹拾海贝　**1145**
千沼海的潮水
打湿的衣袖
晾也晾不干

1146　心上人住在我家该多好
　　　能看见住吉岸边的黄土

1147　如果有空去拾取
　　　住吉岸边的忘情贝

1148　今日我策马观赏
　　　住吉岸边的黄土
　　　希望能永远看到

1149　去住吉的路上
　　　昨天见的忘情贝
　　　只是徒有虚名

住吉的岸边　　1150
有家该多好
能随时观赏
岸边的白浪

大伴御津的岸边　　1151
冲刷海岸的波浪
不知又去向何方

隐约传来桨声　　1152
是渔家的少女们
划船采海藻吧

住吉的名儿岸边　　1153
勒马拾取珍珠
永远不会忘记

1154　雨中搭建小屋
　　　阿胡何时退潮
　　　去海边拾珍珠

1155　破晓时的名儿海滨
　　　退潮后残留的海水
　　　在礁矶林立的海湾
　　　四处泛着光辉吧

1156　住吉的远里小野[1]
　　　榛树染过的衣服
　　　已经开始褪色

1. 远里小野：大阪市住吉区远里小野町及大阪府堺市远里小野町一带。

也许会刮起海风　　1157
趁阿胡海的早潮
　快去采海藻

住吉海的白浪　　1158
被风吹向岸边
令人神清气爽

住吉岸边的松根　　1159
被涌来的浪花冲刷
　声音清逸悦耳

退潮的难波海滩　　1160
　站在这里眺望
　　能看见白鹤
　向淡路岛飞去

羁旅作

1161　离家去旅行
　　　黄昏秋风寒
　　　大雁鸣叫着飞过

1162　的形[1]港的沙洲
　　　停落的鸟儿啊
　　　涌起波浪了吧
　　　呼唤伴侣上岸

1. 的形：地名，三重县松坂市东黑布町一带，现称吹井浜。根据逸文《伊势国风土记》记载，当时那里有水域广阔的湖。

秋意　横山大观

1163　年鱼市的海滩[1]
　　　已经退潮了吧
　　　能看见知多海湾[2]
　　　清晨出海的船

1164　随着潮水退去
　　　群鹤飞向海滩
　　　鹤鸣传向远方
　　　去礁矶间觅食吧

1165　夕阳下风平浪静
　　　白鹤在觅食
　　　涨潮时掀起波浪
　　　呼唤各自的伴侣

1. 年鱼市的海滩：名古屋市南区的低洼地带，古时曾是入海口。
2. 知多海湾：爱知县知多半岛的海湾。

古时的人们　　1166
想浆染衣裳
在榛野的真原

去礁矶捕鱼　　1167
看见了马尾藻
哪个岛的渔夫
来给割走了

今天海上的海藻　　1168
也在白浪间翻滚吧

1169　近江海有无数港湾
　　　你的船将拴靠何处
　　　搭结草庐旅宿

1170　乐浪的连库山
　　　笼罩着浓云
　　　好像要下雨
　　　快点回来吧
　　　我的心上人

1171　大君的御船
　　　在停泊待令
　　　不禁让人想起
　　　高岛的三尾
　　　胜野[1]的海滩

1. 胜野：今滋贺县高岛郡高岛町胜野一带。

从哪里驶出的船　　1172
　高岛的香取湾
　　驶来的航船

飞䭾人放流筏　　1173
　丹生川[1]水急
　　只能通话语
　　　不能通航船

鹿岛崎[2]的浪高　　1174
　只能路过吗
　　心中如此神往

1. 丹生川：日本各地都有名为丹生川的河。此指飞䭾国（今岐阜县）大野郡丹生川村的小八贺川。
2. 鹿岛崎：位于茨城县鹿岛郡南端。

◎ 卷七·1173 含义不明，可能是借比喻表达只能通过传言来联系，不能亲自见面的意思。

鹤　长泽芦雪

足柄的箱根[1]　　1175
　　白鹤飞越而去
　　看上去让人羡慕
　　不禁思念大和

　　海滩的沙洲上　　1176
　　群鸟相聚嬉戏
　　你却杳无音信

　　若狭的三方[2]　　1177
　　湖水无比清澈
　　往来观赏不够

1. 足柄的箱根：可能位于今神奈川县足柄下郡箱根町一带。
2. 若狭的三方：位于今福井县三方郡，那里有五湖，最南端的是三方湖。歌中可能泛指若狭湾沿岸一带。

1178　经过了印南野
　　　看日笠的海湾[1]
　　　涌起了波浪

1179　回家后会思念吧
　　　印南野的茅草上
　　　洒落的月光

1180　越过礁矶的浪涛
　　　令人惊心动魄
　　　没看到淡路岛
　　　就这样经过吗
　　　虽然离得很近

1. 日笠的海湾：其位置有诸种说法：明石川河口的海岸，高砂市曾根町到印南郡大盐町一带海边，还有津田的细江等。具体不明。

朝雾辉映龙田山　**1181**
在出航的日子里
　我会思念吧

渔民的小船　**1182**
扬起了风帆
看鞆浦的岸边
　涌起了波浪

平安归来时　**1183**
再来观赏吧
勇士手持的箭鞴
　命名的海湾

1184　如水鸟浮在海面
　　　听波涛呼啸
　　　令人无限悲伤

1185　清晨风平浪静
　　　划桨来到海上
　　　回望三津的松原
　　　在波浪相隔的远方

1186　打渔的渔家女
　　　衣袖被海水打湿
　　　没有晾干的时候

像拉网的渔夫吧　　**1187**
饱浦清净的礁矶
　　我前来观赏

此一首,《柿本朝臣人麻吕之歌集》出。

越过崇山峻岭　　**1188**
远津海滨的杜鹃
　　在我到来之前
　　　请含苞等待

大海别起风暴　　**1189**
待到船儿停靠
猪名的港湾

1190 拴紧船儿泊宿
　　 今夜无法通过
　　 名子江的岸边

1191 入川水流湍急
　　 挡住了我的马儿
　　 家人在想我吧

1192 信土山[1]间的河流
　　 如同一条白练
　　 愁坏了我的马儿
　　 好像也在想家

1. 信土山:又称真土山,位于和歌山县桥本市真土。另外,也有认为是奈良县宇治郡阪合部村的待乳山卡。

日光湯滝　川瀬巴水

1193　背山面对妹山

　　　听到许诺了吗

　　　正在搭桥横渡

1194　在纪伊国的杂贺[1]

　　　向海湾眺望

　　　渔民的灯火

　　　在波浪间闪烁

1195　身着麻衣思念

　　　纪伊国妹背山

　　　种麻的阿妹

此七首者，藤原卿[2]作。未审年月。

1. 杂贺：今和歌山市杂贺崎一带的海，是和歌浦的延伸部分。
2. 藤原卿：此指武智麻吕、房前、宇合、麻吕等四人中的哪一位不明。卿，是对三位以上高官的称呼，根据官阶推测最有可能的是藤原房前。卷七所收的作者不明的歌中，此歌注明为藤原卿之作，属于异例。

◎ 岩波书店《日本古典文学大系·万叶集》依照西本愿寺本、温故堂本、京都大学本等保留了大矢本系统原有的乱丁状态，因此，在歌的排列顺序上，卷七·1193之后，是卷七·1208—1222的十五首。卷七·1222之后，是卷七·1194—1207的十四首。卷七·1223之后恢复正常的顺序。本译本按照调整后的顺序，依次排列了歌号。

小燕子　高畠华宵

1196　想好要带礼物
　　　去采拾海贝
　　　不要把我打湿
　　　海上的白浪花

1197　只要拿在手里
　　　就能忘却苦恋
　　　渔夫说的忘情贝
　　　只是徒有虚名

1198　礁矶上觅食的鹤
　　　黎明海风寒
　　　各自呼唤伴侣

1199　割海藻的船
　　　从海上划过来
　　　妹岛形见的海湾
　　　能看见白鹤飞翔

我的船不划向远海　　1200
　迎接的船在等待
　划向海湾去汇合

震动海底的波涛　　1201
　涌向清净的礁矶

令人倾心的礁矶　　1202
　远离玉浦的小岛[1]
　　出现在梦中

1. 远离玉浦的小岛：所在不详，据说是歌山县东牟娄郡那智胜浦町南的入海口处的两块礁岩。

1203　礁矶上燃树枝
　　　我为你来潜水
　　　采海底的珍珠

1204　岸边海水清澈
　　　我到礁矶上
　　　看上去像渔夫吧
　　　并非来垂钓

1205　海面的桨声
　　　渐渐变得微弱
　　　我想眺望的故乡
　　　隐没令人惋惜

海面上的波浪　1206
把海藻带到岸边
　能够给你带来
　璀璨的珍珠吗

想划船去粟岛　1207
明石海峡的浪涛
　依然汹涌澎湃

心中思念阿妹　1208
翻山越岭走来
背山恋着妹山
令人羡慕不已

如果比作人类　1209
母亲最爱孩子
　纪川的岸边
　妹山和背山

1210　寻找思恋的阿妹
　　　令人羡慕不已
　　　妹山和背山并立

1211　我正去妹山附近
　　　哪怕能看上一眼
　　　即使不能言语

1212　路过了足代
　　　丝鹿山¹的樱花
　　　请不要飘散
　　　等待我归来

---

1. 丝鹿山：和歌山县有田市糸我町南面的山。

名草山¹徒有虚名　　1213
　难抚慰我的苦恋
　　哪怕千分之一

安太²的小为手山　　1214
　久违的杉树上
　　已经长出松萝

仔细观赏玉津岛　　1215
　在奈良等待的人
　　如果前来询问
　　不知该如何回答

1. 名草山：和歌山市纪三井寺的山。从山顶可以俯瞰整个和歌浦。
2. 安太：小学馆《日本古典文学全集》中记作"足代",为同一地。因为前后的歌都与纪伊有关,推测可能是《和名抄》所记的"英多"之地,在有田郡吉备町北部至有田市东北部一带。

1216　满潮该怎么办
　　　攀嶙峋的山岩吗
　　　渔家的少女们

1217　望玉津岛的美景
　　　心中并不轻松
　　　待到返回都城
　　　会久久思念吧

1218　黑牛海[1]泛红光
　　　是官人在捕鱼吧

---

1. 黑牛海：和歌山县海南市黑江、舟尾一带的海域。

山水　川端玉章

1219 　和歌海湾上
　　　涌起白色浪花
　　　傍晚海风寒
　　　让人思念大和

1220 　为阿妹采珍珠
　　　在纪伊国汤罗岬[1]
　　　度过了一整天

1221 　不要放下楫桨
　　　由大和仰慕而来
　　　还没有得到满足

1. 汤罗岬：又记作由良岬，推测是位于和歌山县日高郡由良町由良港口北侧的下山鼻、神谷崎一带。

玉津岛观赏不够　　1222
　怎样包起美景
　送给没见过的人

海面上的风啊　　1223
请把船吹向岸边
　不要掀起波浪

大叶山[1]升起云霞　　1224
　长夜已经过去
　我泊宿的船儿
　不知停在何处

---

1. 大叶山：所在位置不详，根据歌的排列位置推测，在纪伊或近江。

1225　　长夜将过去
　　　　夜里在海滩
　　　　喧哗的渔夫们
　　　　如今停泊在何处

1226　　望不见神崎[1]的礁矶
　　　　汹涌的浪涛里
　　　　不知向何处航行
　　　　没有回避的航道

1227　　站在礁矶上
　　　　向海面眺望
　　　　采海藻的渔夫
　　　　正划船出航吧
　　　　能望见野鸭飞翔

---

1. 神崎：有两种读法：一种是 kaminosaki，《万叶集私注》解释为波浪汹涌的礁矶，作为一般名词；另一种读作 miwanosaki，作为固定地名，可能是新宫市三轮崎。

1228　在三穗浦[1]行舟
水手们开始忙乱
好像涌起了浪涛

1229　船泊明石港
不要远离岸边
已经夜阑更深

1230　过了可怕的金岬[2]
可是无法忘记
志贺的海神

1. 三穗浦：和歌山县日高郡美滨村三尾附近的海域。
2. 金岬：福冈县宗像郡玄海町钟崎，钟崎的北边是钟岬。

织布　小林古径

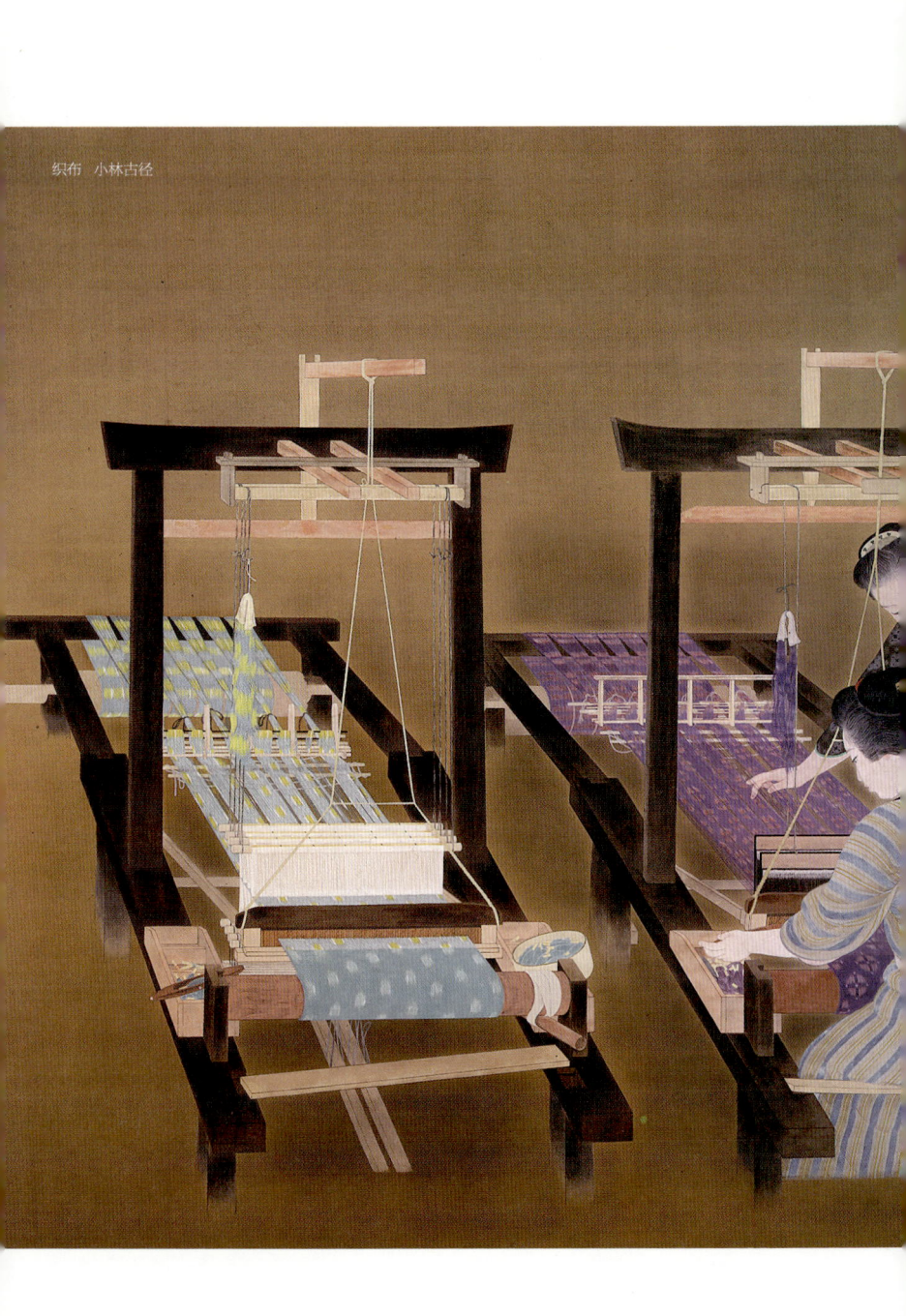

天空布满云雾　　1231
好像刮起了东风
水茎冈的港湾[1]
　涌起了波浪

大海有惊涛骇浪　　1232
祭神后出航如何

少女的织布机上　　1233
透过细密的梳齿
能看见浪间的栲岛[2]

1. 水茎冈的港湾："水茎"作为枕词修饰限定"冈"。冈的港湾，位于福冈县远贺郡芦屋町远贺川河口。
2. 栲岛：推测是岛根县八束郡八束村的大根岛。

1234　因为潮水太急
　　　在礁矶旁待航
　　　像潜水的渔夫吧
　　　正在旅途的我

1235　波涛汹涌澎湃
　　　船老大该怎么办
　　　如水鸟漂浮泊宿
　　　还是继续航行

1236　总是在梦中相见
　　　思恋如浪涛
　　　越过竹岛[1]的礁矶

---

1. 竹岛：有两种读法：一是 shinojima，可能位于爱知县知多半岛与渥美半岛先端中间位置的海中；二是读 sasajima，所在不明。

寂静的海边 1237
波浪在拍岸吗
透过这间房屋
有人侧耳倾听

高岛的阿渡川[1] 1238
翻滚白色浪花
我在思念家乡
旅宿中无限悲伤

海浪震撼礁岩 1239
涌向清澈的岸边

---

1. 高岛的阿渡川：滋贺县高岛郡安昙川，东西向贯流，注入琵琶湖。

1240 行至三诸户山[1]
　　　想起神往的远古

1241 清晨翻越黑发山[2]
　　　被山中露水打湿

1242 黄昏在山中赶路
　　　如果去借宿
　　　能有美丽的阿妹
　　　等我来留宿吗

1. 三诸户山：有两种说法，一是三轮山，二是宇治市三室户寺附近的山。具体不明。
2. 黑发山：奈良市法莲町北方的山地。也有研究者认为是冈山县阿贺郡新见町的同名的山，或者日光市同名的山。具体不明。

云井樱　吉田博

1243　眼望家乡临近
　　　远游归来的我啊
　　　曾在田野挥动领巾

1244　少女们束起长发
　　　木棉山¹别聚乌云
　　　我想眺望家乡

1245　如志贺渔夫的船上
　　　难以承受的纲绳
　　　满怀思念而来

1. 木棉山：大分县别府市与大分郡汤布院町之间的由布岳，被称作丰后富士。

志贺渔夫烧盐的烟　　1246
　疾风中难以升腾
　　弥漫在山林中

此件歌[1]者，《古集》[2]中出。

大穴道和少御神[3]　　1247
　创造的妹背山[4]
　　看了让人欢喜

1. 此件歌：具体指哪几首不明，一般认为是藤原卿所作的七首歌之后的歌（卷七·1196以后），共三十六首。
2.《古集》：可能是书名，卷九·1771左注也有同一标注。也许与卷二·89、卷七·1267、卷七·1270等歌的左注所记的"《古歌集》"是同一种书。
3. 大穴道和少御神：大穴道，即大国主神，少御神，即少彦名神，二神是国土营造的神。
4. 妹背山：是妹山和背山的合称，二山位于和歌山县伊都郡，纪川的北岸为背山，南岸为妹山。

1248　看上去像阿妹
　　　海藻花开时
　　　请快来告诉我

1249　为了心上人
　　　在浮沼池采菱角
　　　我的染花衣袖
　　　已经被浸湿

1250　为阿妹采黑浆果
　　　在山林里迷了路
　　　就这样过了一天

　　　此四首,《柿本朝臣人麻吕之歌集》出。

森林　片山牧羊

问答[1]

1251　佐保川鸣叫的鸰鸟
　　　为什么留恋河岸
　　　不断飞向上游

1252　对人说来很平常
　　　我如此留恋河岸
　　　不要挂上标识独占

1253　乐浪的志贺津
　　　渔夫别丢下我
　　　到湖里去潜水
　　　即使没有风浪

1254　是大船的桨也行
　　　你不在的时候
　　　会潜到水里吗
　　　即使没有风浪

　　　此二首，咏白水郎。

---

1. 问答：多位作歌者以唱和的形式所作的歌。有时也可能是一个作者模仿问答的形式所作。在卷十一、卷十二及卷十三中设有问答的部类。一般两首歌作为一组，咏唱同一个主题。

白鹭与荷　酒井抱一

临时[1]

1255 用鸭跖草染衣裳
    我想为了你
    染件斑斓的衣裳

1256 春霭笼罩的泉边
    有条直行的路
    为了和你相逢
    走了条绕远的路

1257 路边深草中
    盛开的百合花
    因为莞儿一笑
    能称为妻子吗

---

1. 临时：即"临时的联想"之意，其中也有民谣式的歌。这一分类题目设立的原因和前提不明。

不要沉默不语　　1258
这是句宽慰话
可听后能够体味
内心多么酸楚

佐伯山的水晶花　　1259
少女拿在手中
能握住她的双手
哪怕鲜花散落

任何时候都想穿　　1260
色彩斑斓的衣裳
岛原野[1]的榛树
还没到结果的时候

---

1. 岛原野：可能是高市郡明日香村的岛庄一带。

墨田堤之雪　高桥由一

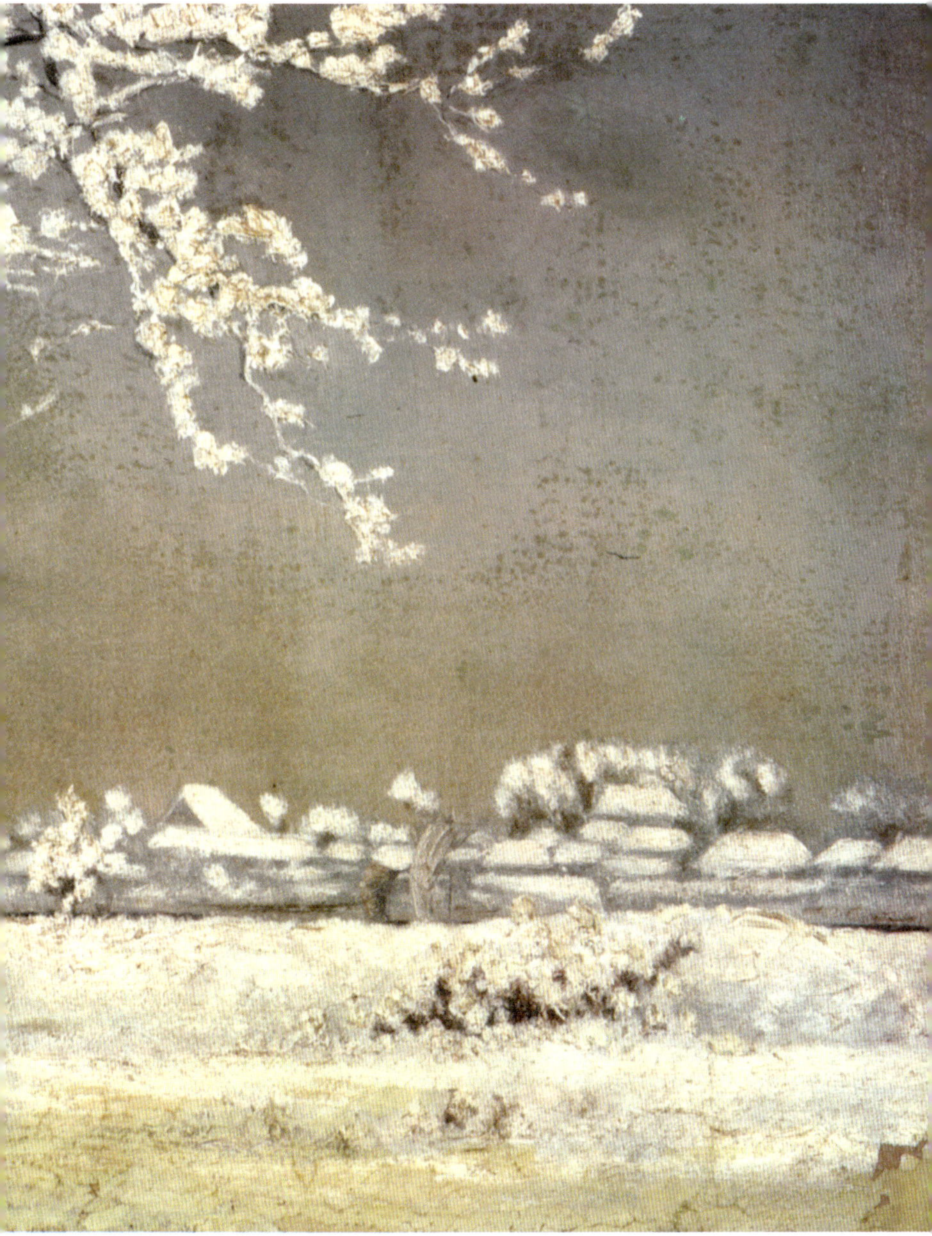

1261　看山人回乡的路
　　　长满了荒草
　　　好像已经遗忘

1262　山茶花正盛开
　　　猎鹿人翻山越岭
　　　知道阿妹正斋戒吗

1263　已是破晓鸟鸣时
　　　可此山的树梢上
　　　依然如此寂静

独自来到西市[1] 1264
也不货比三家
贸然买来丝绸
结果上当受骗

今年来的守岛人 1265
肩披粗麻衣
谁能去探望

大船在浪里航行 1266
奋力划船桨
我见过的那个姑娘
一直在眼前晃动

1.西市：当时平城京内有名的集市，位于右京八条二坊之地。另有东市。

就所发思[1]旋头歌[2]

1267　大宫人的足迹
　　　海浪不涌来
　　　不会消失吧

　　　此十七首,《古歌集》出。

1268　卷向山屹立不变
　　　已经过世的人啊
　　　还能交臂为枕吗

1269　卷向山下轰鸣
　　　如同激流的泡沫
　　　我等世上人

　　　此二首,《柿本朝臣人麻吕歌集》出。

1. 就所发思：身处某一处境或场所时所发的感慨。与卷十二的"羁旅发思"之题为同趣。但这一歌名所涉及范围不明，权且将其看作是卷七·1267—1269三首。
2. 旋头歌：由"五七七五七七"六句构成的歌式。《万叶集》中共有六十二首，其中的三十五首采自《柿本朝臣人麻吕歌集》。旋头歌源于两个人以片歌（"五七七"）问答唱和的形式，口头咏唱的特征明显。后来渐渐演变为自问自答，上下节的分段也随之变得模糊了。

三保　吉田博

秋月屏风　铃木其一

寄物发思[1]

泊濑山的月亮　　1270
有阴晴圆缺
人生也无常

此一首,《古歌集》出。

1.寄物发思:与卷十一和卷十二中"寄物陈思"为题的歌相似。

行路[1]

1271　远方的白云下
　　　是我阿妹的家
　　　快到那里去
　　　奔跑的黑马

此一首,《柿本朝臣人麻吕之歌集》出。

---

1. 行路:可能是行路中的歌,后冠此歌名。

旋头歌

将大刀入鞘　　1272
入野采葛的阿妹
是想让我穿上
带袖的衣服吧
正在割夏草

住吉的波豆麻[1]　　1273
你的骑马服
叫汉家女[2]来缝

住吉的出见海滨[3]　　1274
砍柴人住手观望
少女们走过来了
身着浸湿的红裙

1. 波豆麻：男子的名字。
2. 汉家女：指擅长纺织、染色和裁缝等技术的朝鲜女性。
3. 出见海滨：如果读作 idemi，可能指住吉神社西边的海滨；如果读作 izumi，可能指住吉南边的和泉海滨。

1275　住吉的田间
　　　收割的青年
　　　你没有家奴吗
　　　我当然有家奴
　　　这是为了阿妹
　　　在私田[1]里收割

1276　池边小榉树下
　　　请不要砍伐细竹
　　　是心上人的纪念
　　　让我不断思念

1277　姬菅原[2]的青草
　　　请不要割掉
　　　你的黑发上
　　　沾上了尘土吧

1. 私田：与公田相对，指位田、赐田、口分田及垦田之类。
2. 姬菅原：又记作日买菅原，具体所在不详。

踏麦·小茂田青树

1278　夏天的树荫下
　　　阿妹在屋里裁衣
　　　为了能加衬里
　　　要裁得大一些

1279　引津[1]的马尾藻
　　　摘花前能相见吗
　　　马尾藻的花啊

1280　去宫殿的路上
　　　我划破了衣裳
　　　心情变得烦乱
　　　留在家里该多好

1. 引津：福冈县丝岛郡志摩的入海口。

◎ 卷七・1279 的歌境不明确。"摘花"很可能暗指得到女子的应允。

为你织衣裳　　1281
累得筋疲力尽
如果到了春天
该染上什么颜色

仓椅山上的白云　　1282
我想看到的时候
刚好飘来了白云

仓椅川上的石桥　　1283
还是我年轻的时候
　走过的石桥吗

1284　仓椅川边的菅草
　　　我只是去割下
　　　没有编成斗笠[1]
　　　河边的菅草啊

1285　春天在田间劳作
　　　你是多么辛苦
　　　没有妻子的你啊
　　　在田间多么辛苦

1286　山城久世的神社[2]
　　　不要去拔青草
　　　我荣华富贵的时候
　　　也不要去拔青草

---

1. 没有编成斗笠：主人公只是将菅草割下，而没能编成斗笠，暗指与女人最终没能结合。
2. 久世的神社：位于京都府久世郡城阳町久世。

在依网的原野[1] 1287
能遇见什么人吗
说说淡海国的故事

渡口的芦苇叶 1288
是谁用手摘下
向心上人挥手
是我用手摘下

唤猎犬越过墙垣 1289
架鹰狩猎的你啊
枝叶繁茂的青山下
快让马儿休息

---

1. 依网的原野：《和名抄》中可见"参河国碧海郡依网"的记载。
参河国，即今爱知县东部地域。

1290　海中美丽的水藻
　　　　马尾藻的花朵啊
　　　　请不要告诉别人
　　　　阿妹和我在这里
　　　　马尾藻的花朵啊

1291　山冈上割草的少年
　　　　请不要连根割掉
　　　　让青草继续生长
　　　　等到你来的时候
　　　　马儿吃新鲜的草

1292　河口林中的走兽
　　　　容易猎获吗
　　　　你正挽起衣袖
　　　　耐心等待走兽

远江吾迹川的杨柳　1293
　砍断后依然重生
　吾迹川的杨柳啊

对面的山上　1294
　升起了新月
　远离阿妹的人
　不禁触景生情

此二十三首,《柿本朝臣人麻吕之歌集》出。

春日的三笠山上　1295
　驶出了月亮船
　风流雅士的杯中
　能看见船儿的行踪

水滸　神坂雪佳

譬喻歌

寄衣[1]

1296　现在正缝制
　　　色彩斑斓的衣裳
　　　身影在眼前浮现
　　　虽然还没有穿上

1297　想用红花染衣裳
　　　穿上太鲜艳
　　　会惹人注目吧

1298　不管别人说什么
　　　我将继续编织
　　　机上的白麻衣

---

1. 寄衣：此卷中标有寄物题词的歌与杂歌中的咏物歌相类似。

暖　北野恒富

寄玉

1299　成群的巴鸭
　　　漂浮在海面
　　　采珍珠的船啊
　　　不要让人发现

1300　远近四处的礁矶
　　　不为人知的珍珠
　　　能被发现该多好

1301　为了海神手中的珍珠
　　　在有礁矶的海湾潜水

海神手中的珍珠　1302
　想要亲眼目睹
　几度发下誓言
　潜水的渔夫啊

渔夫虽立下誓言　1303
　可海神不动心
　无法亲眼目睹

寄木

1304 　白云遮住青山
　　　我心中的秘密
　　　树叶会知道吗

1305 　让人百看不厌
　　　人国山¹上的树叶
　　　我从心底怀念

1. 人国山：可能是和歌山西牟娄郡上秋津村（今牟娄郡）的山。此外，吉野郡也有二三处的山被看作是人国山，无法确定。

◎ 卷七·1305 此歌的含义不明。当时可能与其他部族女性结婚不被允许。

寄花

此山红叶下的花朵　　1306
　虽然只看了一眼
　　不禁倾心思恋

寄川

这条河虽能行船　　1307
　可渡口上有人看守

寄海

1308　在港口观望大海
　　　如果出了不测
　　　你带我逃往何处

1309　风吹海浪汹涌
　　　说是等到明天
　　　将会等待更久
　　　随你的心意吧

1310　隐于云间的小岛
　　　令人敬畏的神灵
　　　彼此虽不能相见
　　　心怎能被分隔

　　　此十五首，《柿本朝臣人麻吕之歌集》出。

月之松島　川瀬巴水

寄衣

1311　橡实染的衣裳
　　　人都说穿着舒服
　　　自从听说以后
　　　我也想穿上试试

1312　好好想想吧
　　　贴身的脏衣服
　　　能拿来再穿吗

1313　贴身的红衣服
　　　如果穿在了外面
　　　人们会议论吧

橡实染的衣裳　　1314
已经洗褪了颜色
可是不知为什么
今夜特别想穿上

住在橘岛离河远　　1315
　没有好好晾晒
　便缝我的内衣

寄丝

1316　河内女手染的丝
　　　丝线几经缠绕
　　　虽然如此纤细
　　　可是无法扯断

寄玉

1317　沉在海底的珍珠
　　　尽管狂风呼啸
　　　海上波涛汹涌
　　　采不到手不罢休

1318　海水清澈见底
　　　想看到水下的珍珠
　　　发下千遍誓言
　　　潜水的渔夫啊

光耀海底的珍珠　　1319
我净身来采集
风儿不要吹

沉在海底的珍珠　　1320
我对谁也没如此
倾注全部心思

世人总是这样吗　　1321
想拆散珍珠的纽结

1322　伊势海上的渔夫
　　　采到岛津的珍珠
　　　会爱不释手吧

1323　海底深处的珍珠
　　　无法采到手中
　　　会一直思念吧

1324　精心缠珍珠结
　　　别人会解开吗

不把珍珠捧在手上　　1325
　只是藏在箱子里
　令人为珍珠惋惜

照左豆[1]的旧珍珠　　1326
　我想换条纽结
　成为我的珍珠

秋风不要持续吹　　1327
直到采来海底珍珠

1. 照左豆：古来难解，可能是男子的名字。

贝壳和蝴蝶　三岸好太郎

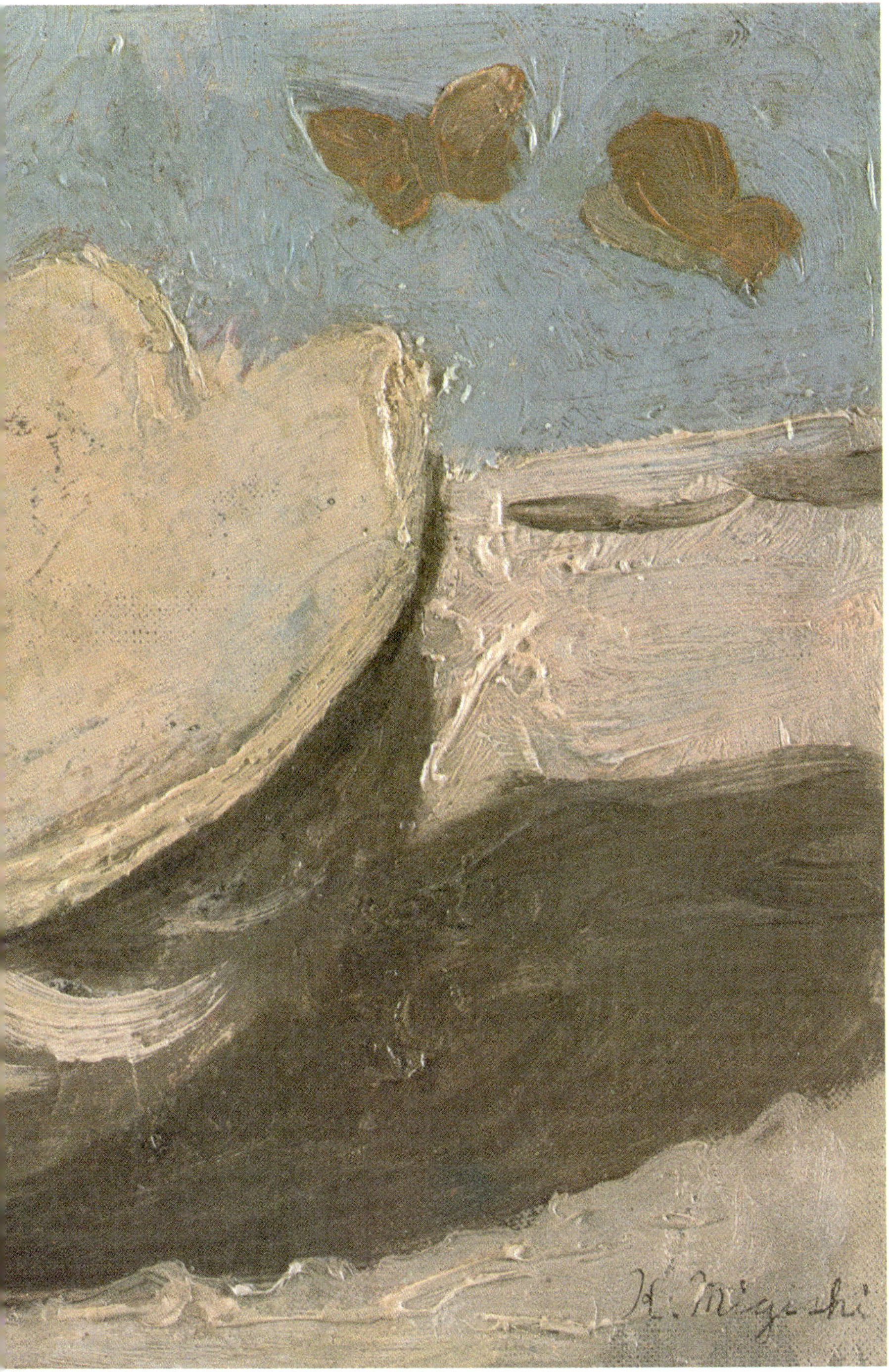
H. Migishi

寄日本琴

1328　膝上精美的小琴
　　　如果清闲无事
　　　会深深眷恋吗

寄弓

1329　陆奥的安太多良
　　　如果拉开弓弦
　　　世人会指责我吧

1330　南渊的细川山[1]
　　　用檀木制作弯弓
　　　在缠好弓柄前
　　　不能让人知道[2]

---

1. 南渊的细川山：南渊，即今奈良县高市郡明日香村稻渊。细川山，位于明日香村的东北边，临细川（或称冬野川，发源于多武峰）。
2. "在缠好弓柄前"二句：暗喻在二人结合之前，不能让人知道。

美人小猫　西川祐信

◎ 井安太多良山出产良弓，但卷七·1329 的中心并非弓，而只是从拉开弓弦延伸到吸引女人的心。

寄山

1331 明知高山险峻的
　　　我却依然思恋
　　　虽然身份不同

1332 初登险峻的高山
　　　山色勾人魂魄
　　　已经无法退转

1333 总不在意佐保山
　　　今天来观赏
　　　山色勾人魂魄
　　　不要刮起狂风

深山岩石的青苔　1334
　令人感到敬畏
　不禁心生爱恋
　不知如何是好

无法忍受思恋　1335
在亩火山结标记

◎《寄山》这一组歌中的"山"都暗喻所爱之人。

寄草

1336 冬天已经过去
春野上烧荒的人
要烧到何种地步
我的心也在燃烧

1337 葛城高间[1]的草原
如果能早点知道
插上标识该多好
如今追悔不已

1338 屋前的四叶王孙草[2]
不要为别人染衣裳

---

1. 葛城高间：今奈良县御所市高天。
2. 四叶王孙草：叶子可用作绿色染料。

高原秋草　水上泰生

1339　想用鸭跖草染衣
　　　听说容易褪色
　　　让人灰心丧气

1340　我捻根紫色丝线
　　　想穿起紫金牛花

1341　缀满珍珠的越菅原[1]
　　　我不去割菅草
　　　却有别人来割
　　　令人惋惜的菅原

---

1. 越菅原：越，所指不明，奈良县中有越智（wochi）之地。另外与菅草相关联的地点是滋贺县坂田郡米原町（wochi）。此外，也可能是表示遥远之意的一般名词。具体不明。

高山遮住了夕阳　　1342
为了日后看茅原
结上标识该多好

有了风言风语　　1343
不知如何是好
岩代[1]荒野的草
我割下该多好

鹫栖云梯神社[2]　　1344
画着菅草的衣裳[3]
如果能有姑娘
帮我穿上该多好

1. 岩代：推测可能是和歌山县的岩代。
2. 云梯神社：位于奈良县橿原市云梯，亩火山的西北方向。
3. 画着菅草的衣裳：此处比喻用法欠妥。是将菅草结在衣服上，还是将菅草图案画在衣服上，说法不一。这里译者根据岩波书店《日本古典文学大系》和小学馆《新编日本古典文学全集》的说法译出。

1345　人国山秋津野
　　　梦中的燕子花

1346　佐纪泽边的葛草
　　　何时能纺成线
　　　给我做衣裳

1347　看草和你相似
　　　我结上了标识
　　　野山中的茅草
　　　别人不要割下

三岛江¹边的菰草　　1348
　　我结上了标识
　　　想占为己有
　　　还没有割下

就这样步入老境吗　　1349
　落雪的大荒木原野²
　　　连细竹也没有³

近江八桥⁴的细竹　　1350
　　不能做成箭矢吗
　　　令人如此爱恋

---

1. 三岛江：淀川的下游，流经今大阪市东东淀川区东、三岛町、枚方市、高槻市南部一带。
2. 大荒木原野：可能是奈良县五条市今井的荒木神社一带，尚无定论。
3. 连细竹也没有：连吸引人来收割的细竹也没有，暗喻年华已逝，无人顾念。这是一首女性作的歌。
4. 近江八桥：即近江矢八桥，滋贺县草津市矢桥，近江八景之一。

1351　鸭跖草染衣裳
　　　沾上朝露后
　　　褪色也无妨

1352　我的心犹豫不定
　　　如漂浮的莼菜
　　　既不在岸边
　　　也不在水面

寄稻

石上布流的早稻田[1] 1353
虽然还没抽穗
请拦上绳索
派人来守护

1. 早稻田：暗喻少女。

杉並木　吉田博

寄木

真野的榛原　　1354
我完全没想到
竟会染了衣裳

伐杉木柱的樵夫　1355
能用来盖茅屋吗

对面山上的桃树　1356
已经结果了吗
人们低声猜测
你不能心猿意马

1357　母亲精心种桑树
　　　　为了能有衣服穿

1358　我家可爱的毛桃树
　　　　树枝非常繁茂
　　　　只开花不结果吗

1359　对面山上的小桂树
　　　　手持树枝等花开
　　　　几度空叹息

寄花

我倾注生命相爱   1360
　你像野茉莉花
　移情别恋了吗

住吉的浅泽小野   1361
　盛开的燕子花
　用来染衣裳
　何时能穿上

想等秋来做染料   1362
　我种下的鸡冠花
　被人摘去了吗

1363　春日野的胡枝子
　　　鲜花正盛开
　　　还有一枝花蕾
　　　请别断绝音信

1364　想观赏胡枝子
　　　在思恋中等待
　　　不会只是开花
　　　不能结果吧

1365　阿妹屋前的胡枝子
　　　结果比开花时
　　　更加让人思恋

寄鸟

明日香川的河滩   1366
  有七处港湾
栖息的鸟儿也有心
  才不起波浪吧

寄兽

如三国山的枝头   1367
等待鸟儿的鼯鼠
我在等待中消瘦

寄云

1368 从岩仓的小野
　　 飘向秋津的白云
　　 在等待时机吗

寄雷

1369 云间电闪雷鸣
　　 看见令人敬畏
　　 看不见让人悲伤

剣山之男　吉田博

寄雨

1370 没下什么大雨
　　　庭院里的积水
　　　不要四处流淌
　　　别让人知道

1371 没有在雨中穿
　　　为什么我的衣袖
　　　没有干的时候

寄月

天空的月亮壮士　　1372
　能在夜里仰望
　可是无法接近

春日山峰太高吧　　1373
　想看石上的菅草根
　难等到月亮出来

暗夜令人烦恼　　1374
　我期盼的月亮
　何时出来照耀

虽然生命如晨霜　　1375
　为了你愿活千年

此一首者,不有譬喻歌类也。但暗夜歌人[1]所心之故,并作此歌。因以此歌载于此次。

---

1. 暗夜歌人：指卷七·1374 的作者。如左注所说,此歌并非譬喻歌,但因与前一首歌说唱内容有关联,故排列在此。

山王之雨后　川瀬巴水

寄赤土

大和宇陀的赤土　　1376
染成醒目的红色
　人们不会为此
　纷纷议论我吧

寄神

悬挂木棉祭神　　1377
不能祓禊除秽
世人耳目太多

悬挂木棉的神社　　1378
　我想翻越墙垣
　思恋太强烈

广尾 高桥松亭

寄川

明日香川奔流不息　　1379
　如果在河湾停留
　　人们会猜测吧

明日香川的各处河滩　　1380
　生长着美丽的海藻
　　因为有水栅阻拦
　　无法漂浮到一起

广濑川[1]溅湿了衣袖　　1381
　虽说是浅浅的河滩
　　却让我深深思念

1.广濑川：葛城川的下游，在与大和川汇流之地有广濑神社，今奈良县北葛城郡广陵町广濑附近。

1382　泊濑川水花绝迹
　　　我能停止思恋吗

1383　如果为爱叹息
　　　会让人察觉
　　　心如山间激流
　　　应该如何阻挡

1384　隐在水中叹息
　　　浮出湍急的河滩
　　　也会有人指责吧

寄埋木

弓削河岸[1]边 　1385
埋没的木材
不能显露吗

---

1. 弓削河岸：大阪府八尾市南部旧大和川的河岸，即今长濑川河岸，那附近仍保留有弓削的地名。

寄海

1386　大船上插满桨
　　　如果划船出航
　　　不管海有多深
　　　不管何时退潮

1387　穿过伏越该多好
　　　踌躇间被溅湿
　　　数不清的浪头

1388　海浪撞击礁岩
　　　在岸边咆哮
　　　如果走到近处
　　　会有流言吧

海湾里的波浪　　1389
不断拍打礁矶
　除了你之外
谁能使我烦恼

近江波涛汹涌　　1390
努力辨别风向
　过了一年了吧
也没有划船出航

清晨风平浪静　　1391
我想观赏白色浪花
可是没有海风吹来

寄浦沙

1392　多高海湾[1]的细砂
　　　用衣袖轻轻触弄
　　　便无法不同寝吧

1393　丰国企救[2]的岸边
　　　细砂如此平整
　　　为什么要叹息

---

1. 多高海湾：和歌山县海南市名高町海岸。
2. 丰国企救：丰前国（福冈县及大分县一部分）企救郡（今小仓市）海岸。

七里濱　和田英作

寄藻

1394　满潮隐没水中
　　　礁矶难觅海藻
　　　令人如此思恋

1395　海面浪涛拍打
　　　礁矶上的马尾藻
　　　心中暗自懊恼

1396　多高海湾的马尾藻
　　　倾覆礁矶的时刻
　　　我在耐心等待

1397　越过礁矶的浪涛
　　　令人感到畏惧
　　　可是美丽的海藻
　　　丝毫也不在意

海潮四题·冬　横山大观

寄船

1398　乐浪的志贺津
　　　在湖边乘船而去
　　　如同乘在我的心里
　　　永远无法忘记

1399　绕群岛航行的船
　　　你如同乘在我心里
　　　令人无法忘记

1400　沿岛而行的飞舟
　　　在观察风向
　　　过了一年了吧
　　　还是没有相逢

雾霭笼罩小岛　　1401
海面狂风大作
航船无法靠近
心中充满思念

　　如果想躲避　　1402
　就躲到海上去
船泊港湾的时候
　不应该躲避吧

旋头歌

1403　持币帛的三轮神官
　　　在杉原上祭祀
　　　伐薪的樵夫
　　　差点被夺去斧子

◎ 杉树被看作是神圣的树，由神官们细心守护，暗喻被严格看守的女性。破禁想伐木的樵夫险些被夺去斧子，为恋情的冒险最终还是没有达成。

挽歌

1404　你像镜子一样
　　　让我看不够
　　　在阿婆的原野[1]
　　　摘取橘树的花朵[2]

1405　说起了秋津野
　　　清晨扬洒骨灰
　　　想起你叹息不已

1406　秋津野朝雾隐没
　　　昨日和今日
　　　都在思念故人

1. 阿婆的原野:有各种说法,可能是春日野或明日香或初濑,具体所在不详。
2. 摘取橘树的花朵:暗喻拾取火葬后的骨头。

泊濑山上的云霞 1407
　是我的阿妹吗

是疯狂的话吗 1408
　是骗人的话吗
说你在泊濑山隐居

说秋山的红叶可爱 1409
　悄然而去的阿妹
　　等也等不回来

1410　世上不能活两次
　　　死去的阿妹
　　　无法再相会

1411　多么幸福的人
　　　黑发变成白发时
　　　能听到阿妹的声音

1412　夫君去了何处
　　　先前背对而眠
　　　如今追悔不已

红枫　神坂雪佳

1413 鸡拖着长尾巴
　　　悠闲活在世上
　　　如今难以想象

1414 共枕的阿妹健在
　　　夜深也令人惋惜

1415 阿妹是珠玉吗
　　　在清静的山下撒落

或本歌曰

阿妹是鲜花吗　　1416
在山阴里凋落

羁旅歌

清晨驶向名儿海[1]　　1417
海上传来鹿鸣声
可怜的水手啊

---

1. 名儿海：所在不详。如果与卷七·1153中出现的"名儿"是同一地方的话，可能在大阪住吉附近。

卷八

清姫・入相櫻　小林古径

春杂歌

志贵皇子欢[1]御歌一首

1418 　石上瀑布飞溅

　　　蕨菜正发芽

　　　春天已经来临

镜王女歌一首

1419 　神奈备磐濑[2]的林中

　　　布谷鸟别这样叫

　　　会增加我的思恋

---

1. 欢：即欢愉之意。
2. 神奈备磐濑：神奈备，原意是神降临之所，一般指神社或森林，源于神从天而降，居于山林之中的古代信仰。在大和地区，龙田和明日香是有名的神居之所。磐濑，一般认为在大和域内，但有诸种说法：一是生驹郡斑鸠町龙田西南的车濑森林，二是同郡三乡村大字立野字附近的三室山，三是高市郡飞鸟之地等。

骏河采女[1]歌一首

如轻盈的雪花　　1420
　在眼前飘落
　天空上飞散的
　是些什么花朵

---

1. 骏河采女:所传不详。可能与卷四·507的作者为同一人。

尾张连歌二首
（名缺。）

1421　春天的繁花丛中
　　　采野菜的少女
　　　露出了白色纽带
　　　看见后让人欢喜

1422　春天好像已来临
　　　远望山顶的树梢
　　　樱花正在绽放

中纳言阿倍广庭卿歌一首

1423　去年的春天
　　　屋前移植梅树
　　　如今花正开放

山部宿祢赤人歌四首

春天的山野里 1424
　我来采堇菜
　山野令人留恋
　索性露宿一夜

山中樱花连日开 1425
　早知花开如此
　何必苦苦思恋

想让心上人观赏 1426
　不知梅花开何处
　雪花漫天飞舞

想明天开始采野菜 1427
　在山野结下标识
　可是昨天和今天
　大雪下个不停

草香山歌一首

1428　路过难波后
　　　风吹草香山[1]
　　　暮色中来翻越
　　　山间小路上
　　　马醉木花正开
　　　何时能看到
　　　你这个不坏的人
　　　快快去相会

　　　此一首，依作者微，不显名字。

1. 草香山：生驹山的西侧一带，大阪府枚冈市东部的山。

墨水櫻花朦朧之景　高橋由一

樱花歌一首并短歌

1429　少女想插在头上
　　　风流人作花冠
　　　大君御统的国家
　　　处处樱花盛开
　　　美丽的花朵啊

反歌

1430　去年春天和你相逢
　　　令人思念的樱花啊
　　　又要把你迎来了吧

　　　此二首，若宫年鱼麻吕[1] 诵之。

---

1. 若宫年鱼麻吕：前出，见卷三·387 注释。

山部宿祢赤人歌一首

百济野[1]的胡枝子　　**1431**
　干枯的枝头上
　等待春天的黄莺
已经开始鸣叫了吧

---

1. 百济野：奈良县北葛城郡广陵町百济附近，曾是朝鲜半岛归化人的居住地。

大伴坂上郎女柳歌二首

1432　你正在观赏吧
　　　佐保道上的青柳
　　　如果能折段柳枝
　　　让我看看该多好

1433　沿着佐保川而上
　　　岸边垂柳青青
　　　一片阳春景色

大伴宿祢三林[1]梅歌一首

霜雪还没有消融　　**1434**
没想到春日乡里
竟然看见了梅花

---

1. 大伴宿祢三林：所传不详。也有研究者认为是大伴三依的误写。

佳人好在　川端龙子

厚见王[1]歌一首

金袄子在鸣叫　　1435
神奈备川上
棣棠正盛开
倒映在水面吧

1. 厚见王：前出，见卷四·668注释。

大伴宿祢村上[1]梅歌二首

1436　说梅花已含苞
　　　　今朝遇上飞雪
　　　　还能开放吗

1437　春日乡里的梅花
　　　　别在山风中飘散

---

1. 大伴宿祢村上：宝龟二年（771年），正六位升至从五位下。同年任肥后介，翌年任阿波守。天平胜宝六年（754年），任任民部少丞。

大伴宿祢骏河麻吕歌一首

春日乡里的梅花　　1438
我诚心诚意来访
不想走马观花

中臣朝臣武良自[1]歌一首

现在虽说是春天　　1439
积雪的远山下
笼罩着云雾

---

1. 中臣朝臣武良自：所传不详。歌作仅此一首。《万叶集私注》认为是中臣氏系图所记的正六位上尾张掾武良士。

河边朝臣东人[1]歌一首

1440 春雨纷纷飘落
　　 高圆山的樱花
　　 会是什么样啊

大伴宿祢家持莺歌一首

1441 天空布满云雾
　　 雪花纷纷飞落
　　 可是我家的园中
　　 黄莺正在啼鸣

---

1. 河边朝臣东人：前出，见卷六·978注释。

大藏少辅丹比屋主真人[1]歌一首

人去了难波　　1442
留下了阿妹
正在采野菜
看了让人爱怜

丹比真人乙麻吕[2]歌一首

（屋主真人之第二子也。）

来到雾笼的原野　　1443
听到黄莺在鸣叫
春天好像已来临

---

1. 大藏少辅丹比屋主真人：大藏少辅，大藏省的次官。丹比屋主真人，前出，见卷六·1031注释。
2. 丹比真人乙麻吕：如旁注，屋主真人的第二子，天平神护元年（765年），正六位上升至从五位下。同年冬纪伊行幸时，任白璧王手下的御前次司次官。

青樹筆

朝露　小茂田青樹

高田女王[1]歌一首

（高安[2]之女也。）

原野棣棠丛丛　　1444
　紫花高茎堇
　在春雨中盛开

大伴坂上郎女歌一首

虽然风雪交加　　1445
　我家没结果的梅
　花朵不要飘散

---

1. 高田女王：长皇子的曾孙，其他所传不详。
2. 高安：前出，见卷四·577注释。

大伴宿祢家持春雉歌一首

1446 春野觅食的山鸡
　　　因为呼唤伴侣
　　　让人发现了行迹

大伴坂上郎女歌一首

1447 平时难以忍受
　　　布谷鸟的叫声
　　　可是又到了
　　　思念的时节

　　　此一首,天平四年[1]三月一日佐保宅作。

---

1. 天平四年:732年。

春相闻

清姬·入相樱　小林古径

大伴宿祢家持赠坂上家之大娘歌一首

1448 我屋前的瞿麦
　　　何时才能开花
　　　花中能看到你

大伴田村家之大娘[1]与妹坂上大娘歌一首

1449 在浅茅原拔白茅花
　　　紫花高茎菫正开放
　　　如我心中的思恋

1. 大伴田村家之大娘：坂上大娘的异母姊。

大伴宿祢坂上郎女歌一首

心里充满惆怅　　1450
春雾升起更思恋

笠女郎[1]赠大伴家持歌一首

鸭羽般光绿　　1451
春山变幻莫测
让人焦虑不已

---

1. 笠女郎：前出，见卷三·395 注释。

纪女郎[1]歌一首

（名曰小鹿也。）

1452　黑夜不能不来
　　　梅花盛开的月夜
　　　你不能不来吧

---

1. 纪女郎：前出，经历不详。见卷四·643 旁注。

梅花皓月　伊藤若冲

天平五年[1]癸酉春闰三月，
笠朝臣金村赠入唐使歌一首并短歌

1453 时刻无法忘记
倾注生命思恋
身为世上的人
遵从大君的旨意
黄昏鹤呼伴侣
从难波的御津崎
大船备桨出发
白浪滔天的海上
告别一座座海岛
我用币帛祝福
盼望你早日归来

1. 天平五年：733年。

反歌

如浪涛里的小岛　　1454
你渐渐隐没云中
令人叹息的离别

倾注生命思恋　　1455
不如变成楫柄
和你同舟共济

藤原朝臣广嗣[1]樱花赠娘子歌一首

1456 这一枝花中
隐含千言万语
请不要忽视

娘子和歌一首

1457 这一枝花中
有千言万语
怎能轻易折下

---

1. 藤原朝臣广嗣：前出，见卷六·1029 注释。

厚见王[1]赠久米女郎[2]歌一首

屋前的樱花　　1458
眼下松风疾
会落到地上吧

久米女郎报赠歌一首

世间变幻无常　　1459
屋前的樱花
眼下正飘散

---

1. 厚见王：前出，见卷四·668 注释。
2. 久米女郎：所传不详。《万叶集》中只有她的一首作品，即卷八·1459。

纪女郎赠大伴宿祢家持歌二首

1460　　为了你双手不停
　　　　在春野拔白茅花
　　　　请你快快吃胖

1461　　白昼里开放
　　　　夜里闭合思恋
　　　　合欢树的花朵
　　　　只有我在看吗
　　　　请你也好好观赏

　　　　此二首，折攀合欢花并茅花赠也。

大伴家持赠和歌二首

我好像还在爱你　　1462
吃你送的白茅花
我越来越瘦啦

你送的合欢树　　1463
开花不结果吧

大伴家持赠坂上大娘歌一首

雾笼的山相隔　　1464
已有一个月
没见到你

此歌，从久迩京赠宁乐宅。

蝉　小茂田青樹

夏杂歌

藤原夫人[1]歌一首

（明日香清御原宫御宇天皇之夫人也。字曰大原大刀自，即新田部皇子之母也。）

1465　布谷鸟别大声叫
　　　你要把叫声穿在
　　　五月的药玉[2]里吧

---

1. 藤原夫人：前出，见卷二·103注释。
2. 五月的药玉：原文为"五月玉"，指五月端午时为驱病邪而制作的药袋，又称药玉。将麝香、沉香等装入锦袋，再饰以纸花或布花、菖蒲、蓬草等，缀上五色丝线，挂在竹帘或柱子上，用来驱除邪气恶病等。晋代周处《风土记》有"楝叶插头，五彩系臂，谓为长命缕"的记载。南北朝梁宗懔撰、隋代杜公瞻注的《荆楚岁时记》有"以五彩丝系臂，名曰辟兵，令人不病瘟"的记载。

紫阳花麻雀　小原古邨

志贵皇子御歌一首

1466　神奈备的磐濑
　　　林中的布谷鸟
　　　何时来毛无岗[1]鸣叫

弓削皇子御歌一首

1467　想躲到一处
　　　没布谷鸟的地方
　　　叫声让人烦恼

---

1. 毛无岗：所在位置不详，有诸种说法：奈良生驹郡斑鸠町小吉田、目安一带，或是同郡山乡村立野坂上一带，或是明日香的某处等。

小治田广濑王霍公鸟歌一首

布谷鸟总在鸣叫　　1468
　小野的秋风里
　胡枝子开花了吗
　叫声开始稀落

沙弥霍公鸟歌一首

　山上的布谷鸟　　1469
　如果你鸣叫
　家中的阿妹
　总是在思恋

刀理宣令[1]歌一首

1470　磐濑的林中
　　　布谷鸟快鸣叫吧
　　　在山中背阴的地方

山部宿祢赤人歌一首

1471　思念的时候
　　　想送上一个礼物
　　　我家屋前的紫藤
　　　开波浪般的花朵

---

1. 刀理宣令：养老五年（721年），从七位下时任东宫侍讲。《怀风藻》和《经国集》中都有他的作品入集，可能是归化人的后代。

式部大辅石上坚鱼[1]朝臣歌一首

布谷鸟飞来鸣叫　　1472
水晶花会一起来吗
能问一声该多好

此歌，神龟五年[2]戊辰，大宰帅大伴卿之妻大伴郎女遇病长逝焉。于时，敕使式部大辅石上朝臣坚鱼遣大宰府吊丧并赐物也。其事既毕，驿使及府诸卿大夫等共登记夷城[3]而望游之日，乃作此歌。

1. 式部大辅石上坚鱼：式部大辅，即式部的次官，式部主要负责典章礼仪、文官的考课、选叙、行赏朝集、策试等事务。石上坚鱼，养老三年（719年），从六位下升至从五位下。神龟三年（726年）从五位上，天平三年（731年）正五位下。神龟八年正五位上。
2. 神龟五年：728年。
3. 记夷城：佐贺县三养基郡基山町与福冈县筑紫郡筑紫野町的交界地有基山，山顶有城塞的遗迹。

蜀葵　吉田博

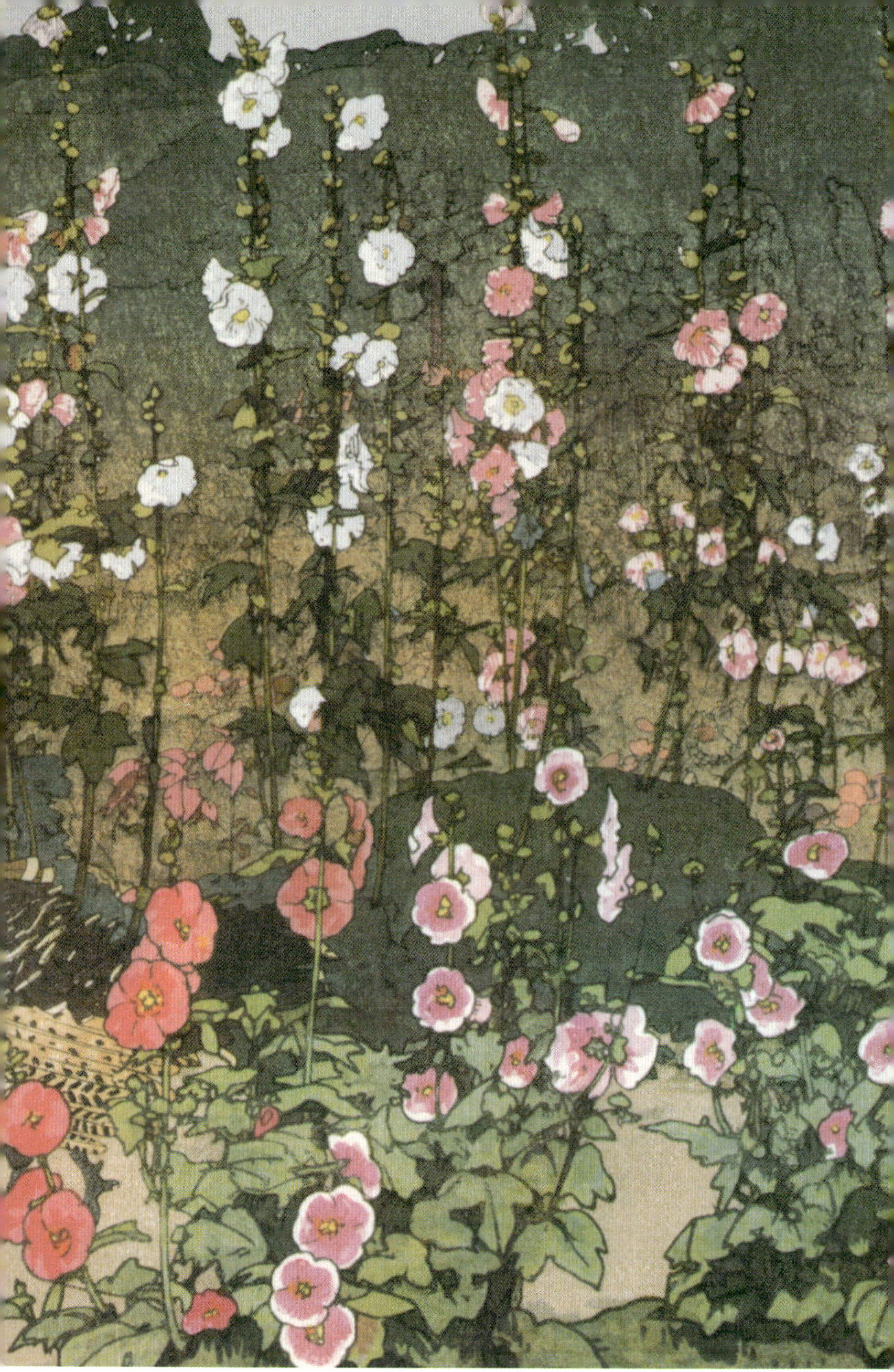

大宰帅大伴卿和歌一首

1473　橘花散落的乡里
　　　布谷鸟暗自思恋
　　　鸣叫的日子太多

大伴坂上郎女思筑紫大城山[1]歌一首

1474　今日的大城山上
　　　布谷鸟在鸣叫吧
　　　虽然我不在那里

1. 大城山：福冈县筑紫郡太宰府町国分之地有四王寺山，向南突出的部分为大城山。

大伴坂上郎女霍公鸟歌一首

  为什么焦急等待 1475
   听布谷鸟鸣叫
   会更加思恋

小治田朝臣广耳歌一首

  黄昏独自思念 1476
  布谷鸟飞来鸣叫
  好像明白我心

大伴家持霍公鸟歌一首

1477　水晶花没开放
　　　佐保的山下
　　　布谷鸟来鸣叫

大伴家持橘歌一首

1478　我家屋前的橘花
　　　何时能够结出
　　　珠玉般的果实

大伴家持晚蝉[1]歌一首

1479　隐居家中郁闷
　　　出门舒展心情
　　　听茅蜩来鸣叫

1.晚蝉：即茅蜩。

大伴书持[1]歌二首

我屋前洒满月光　　1480
布谷鸟如果有心
　今夜飞来鸣叫

我屋前橘花正开　　1481
布谷鸟现在叫吧
　在我会友的时刻

---

1. 大伴书持：前出，见卷三·463 注释。

大伴清绳歌一首

1482　众人期待水晶花
　　　虽然已经飘散
　　　鸣叫的布谷鸟
　　　怎能让我忘记

奄君诸立[1]歌一首

1483　你家的屋前
　　　橘花正盛开
　　　布谷鸟在鸣叫
　　　我前来观赏

---

1. 奄君诸立：《万叶集全注释》认为奄君可能是阿牟君，即景行天皇之子。其他不详。作歌仅此一首。

紫藤和鳥　渡辺省亭

大伴坂上郎女歌一首

1484　布谷鸟别大声鸣叫
　　　独自难眠的时刻
　　　叫声令人烦恼

大伴家持唐棣花歌一首

1485　夏日开花的唐棣
　　　如果赶上下雨
　　　会褪颜色吗

大伴家持恨霍公鸟晚喧歌二首

我的屋前橘花开　1486
布谷鸟不来鸣叫
任花儿落土中吗

等不来布谷鸟　1487
树下如此阴凉
为什么不来鸣叫

大伴家持欢霍公鸟歌一首

1488 不管何处已鸣叫
　　 今天在我的家乡
　　 布谷鸟开始鸣叫

大伴家持惜橘花歌一首

1489 我屋前的橘花散落
　　 结出珠玉般的果实

大伴家持霍公鸟歌一首

等不来布谷鸟鸣叫　　1490
离蝴蝶花成串的日子
　　还会很远吗

大伴家持雨日闻霍公鸟喧歌一首

　　是布谷鸟怜惜　　1491
　　水晶花凋落吗
　　雨中也不停息
　　从这里鸣叫飞去

春意融融　高畠华宵

橘歌一首

（游行女妇。）

你家屋前的橘花　　1492
已经结出了果实
橘花盛开的时候
花前相会该多好

大伴村上¹橘歌一首

我家的橘花盛开　　1493
布谷鸟飞来鸣叫
把花震落到树下

---

1. 大伴村上：前出，见卷八·1436 注释。

大伴家持霍公鸟歌二首

1494　夏日山中的树梢
　　　布谷鸟在鸣叫
　　　声音传向远方

1495　林间布谷鸟鸣叫
　　　这样听你初鸣
　　　日后会思恋吧

大伴家持石竹花[1]歌一首

我屋前的瞿麦 1496
如今正在盛开
折来哪怕看上一眼
如果能有少女观赏

惜不登筑波山歌一首

如果登上筑波山 1497
布谷鸟的叫声
能在山中回响吗

此一首,《高桥连虫麻吕之歌》中出。

---

1. 石竹花:也称瞿麦。花色鲜艳绚丽,花期较长,在春夏两季。

蝉　小茂田青樹

夏相闻

大伴坂上郎女歌一首

1498　无暇来相会
　　　我如此思恋
　　　布谷鸟能转告吗

大伴四绳宴吟歌一首

1499　因为流言蜚语
　　　无法来相会
　　　布谷鸟来鸣叫吧
　　　清晨开门倾听

◎ 卷八·1499 作者为男性,但是以女性的口吻唱的。可能是宴会上的助兴之作。

大伴坂上郎女歌一首

夏日繁茂的田野　　1500
山丹花正在开放
无人知晓的思恋
令人如此痛苦

小治田朝臣广耳歌一首

布谷鸟鸣叫的山峰　　1501
水晶花正忧郁吧[1]
你不来相会

---

1. 水晶花正忧郁吧:"水晶花"(读作 unohuana)与"忧郁"(读作 ukikoto)构成首音同音关联。

大伴坂上郎女歌一首

1502　五月的橘花
　　　为你穿成串儿
　　　飘散令人惋惜

纪朝臣丰河[1]歌一首

1503　阿妹家的墙下
　　　盛开的百合花
　　　过后提起百合[2]
　　　就等于不喜欢

---

1. 纪朝臣丰河：天平十一年（739年），正六位上升至外从五位下。歌作仅此一首。
2. "盛开的百合花"二句："百合花"读作 yuri，与"过后"（也读作 yuri）构成同音关联，引导出后面的歌句。

高安[1]歌一首

虽说没有空暇　　1504
已经到了五月
阿妹家的橘花
能不去观赏吗

大神女郎[2]赠大伴家持歌一首

布谷鸟刚鸣叫　　1505
立刻赶往你家
已经飞到了吗

---

1. 高安：即高安王，前出，见卷四·577 注释。
2. 大神女郎：前出，所传不详。卷四·618 也是此人写给大伴家持的歌。

大伴田村大娘与妹坂上大娘歌一首

1506　故乡奈良的思岗[1]
　　　让布谷鸟去传话
　　　不知如何转告

---

1. 奈良的思岗：所在不明，有研究者认为与毛无岗（卷八·1466）为同一地方。

大伴家持攀橘花赠坂上大娘歌一首并短歌

不知会怎么样　　1507
　我家的屋前
橘树枝繁叶茂
　临近到五月
穿药玉的时候
　花朵才开放
早晚出来守护
我倾心思恋的你
在清朗的月光下
哪怕能看上一眼
　请不要飘落
　我苦苦哀求
　我认真守护
讨厌的布谷鸟
在拂晓感伤时
无论怎样追赶
又飞回来鸣叫
让人无可奈何
花朵散落在地
只好将花枝折下
　留给你观赏

反　歌

1508　十五月夜已过
　　　清澈的月光下
　　　想让你观赏
　　　我屋前的橘树

1509　你观赏后
　　　鸣叫该多好
　　　布谷鸟将橘花
　　　抖落了一地

大伴家持赠纪女郎歌一首

1510　人说瞿麦开又落
　　　我结下标识的原野
　　　花儿不会这样

月下秋草　小原古邨

落叶屏风（局部） 菱田春草

秋朵歌

冈本天皇[1]御制歌一首

1511　到了黄昏的时候
　　　小仓山鸣叫的鹿
　　　今夜没有鸣叫
　　　已经睡着了吧

大津皇子[2]御歌一首

1512　经纬尚未确定
　　　少女编织的红叶
　　　不要落上寒霜

---

1. 冈本天皇：在高市冈本宫皇居的天皇，一般认为是舒明天皇。也可能是齐明天皇。
2. 大津皇子：前出，见卷二·105注释。

穗积皇子[1]御歌二首

今朝破晓时分　　1513
听到大雁的叫声
春日山秋叶已红
　让我感到心痛

秋日里的胡枝子　　1514
　　正在开花吧
屋前的茅草花
　已经全部散去

---

1. 穗积皇子：前出，见卷二·114注释。

但马皇女[1]御歌一首

（一书云，子部王[2]作。）

1515　住在流言四起的乡里
　　　随今朝鸣叫的大雁
　　　一同离开该多好

山部王惜秋叶歌一首

1516　秋山红叶落尽
　　　还想再看秋色吗

---

1. 但马皇女：前出，见卷二·114 注释。
2. 子部王：所传不详，卷十六·3821 的作者。有说法认为与儿部女王为同一人。

长屋王[1]歌一首

三轮的神社　　1517
红叶映山岗
飘落令人惋惜

---

[1] 长屋王：前出，见卷一·75注释。

山上忆良七夕歌十二首

1518 站在银河边相望
  我思恋的人会来吧
  解开衣纽等待

  此歌,养老八年七月七日[1],应令[2]。

1519 银河上漂浮着船儿
  今夜你来我身边吗

  此歌,神龟元年[3]七月七日夜,左大臣[4]宅。

1. 养老八年七月七日:养老八年(724年)二月四日,皇太子(圣武天皇)即位,改年号为神龟,所以,养老八年的七月七日不存在。有研究者认为是养老六年的误写。
2. 应令:所谓应令之作,是指当时忆良任东宫侍讲。有奉太子令作歌的机会。
3. 神龟元年:724年。
4. 左大臣:即长屋王。参见卷一·75左注。

星月夜　小村雪岱

1520　牛郎和织女
　　　自天地初分时
　　　站在银河相望
　　　思恋叹息不已
　　　青波望不断
　　　白云揩不尽泪水
　　　就这样叹息吗
　　　就这样思恋吗
　　　能有红色的小船
　　　能有镶玉的楫桨
　　　清晨风平划桨
　　　黄昏满潮渡河
　　　天河旁铺领巾
　　　夜夜相拥而眠
　　　即使不是秋天

反　歌

两岸云风相连　　**1521**
　难和远方的阿妹
　　　相互传音信

石头能投到对岸　　**1522**
　可是有银河相隔
　　　让人毫无办法

此歌，天平元年[1]七月七日夜，忆良仰观天河。（一云，帅家[2]作。）

秋风吹起时　　**1523**
　时刻都在等待
　焦急思恋的人
　等来了心上人

---

1. 天平元年：729年。
2. 帅家：指大宰帅大伴旅人的家。有另一种说法，认为此歌在旅人家作成。

1524　银河上没有浪涛
　　　却难寻相逢的时机
　　　虽然离河岸很近

1525　挥袖可以相望
　　　虽然相隔不远
　　　可是无法渡河
　　　眼下不是秋季

1526　匆匆相会又离别
　　　心中无比思恋
　　　直到再相会

此歌,天平二年[1]七月八日夜,帅家集会。

---

1. 天平二年:730年。

牛郎迎妻的船儿　　1527
　好像已经出发
银河上升起了雾

银河上升起云雾　　1528
徘徊等待你的时候
　河水打湿了衣裳

银河传来浪声　　1529
　我期待的人啊
好像正划船出航

泉

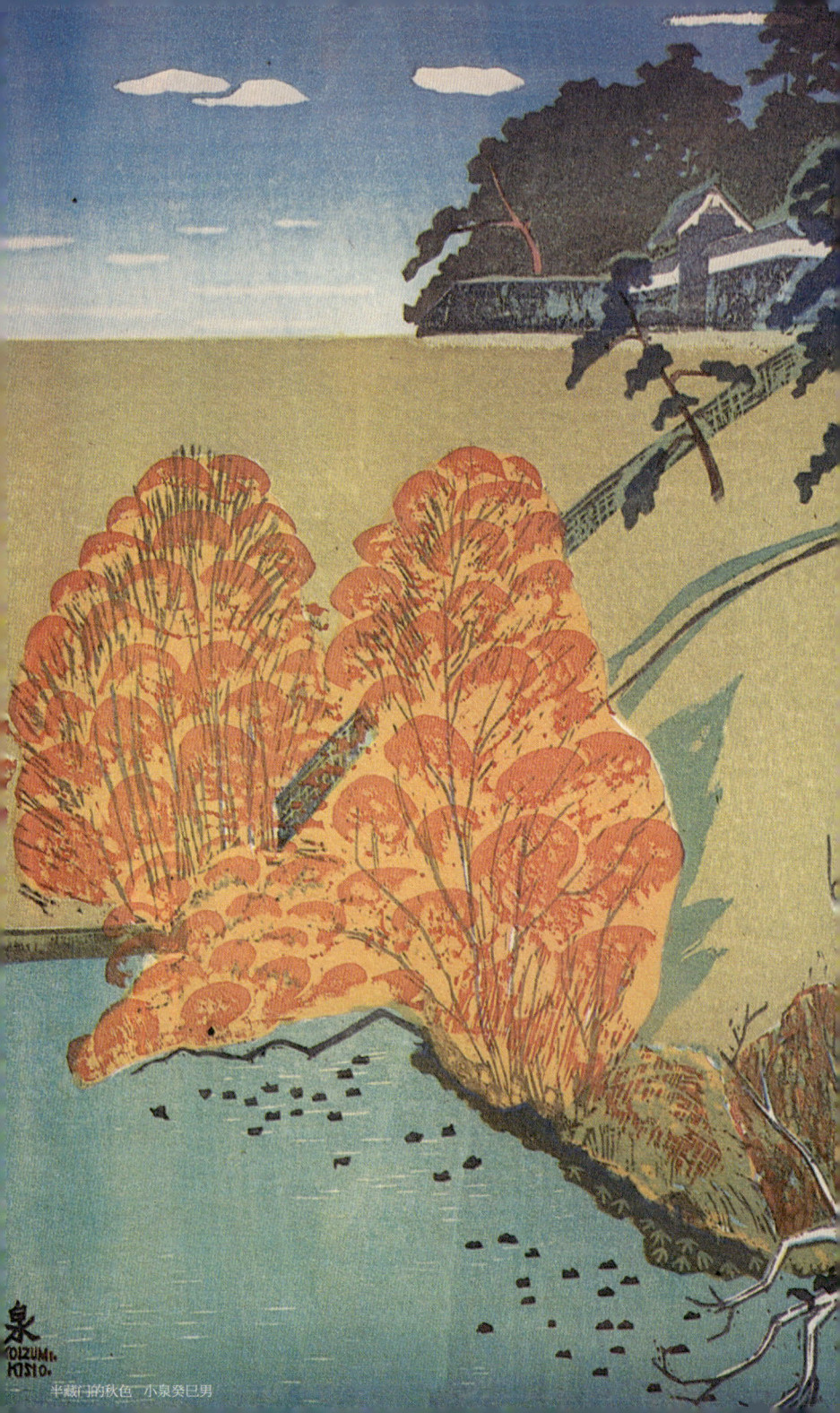

OIZUMI·
KISIO·

半藏門的秋色　小泉癸巳男

大宰帅卿大夫并官人等，宴筑紫国芦城[1]驿家歌二首

黄花龙芽和胡枝子 1530
在芦城野竞相开放
　从今日开始观赏
　　直到千秋万代

今日见到芦城川 1531
永远也无法忘记

此二首，作者未详。

1. 芦城：前出，见卷四·549 注释。

笠朝臣金村伊香山[1]作歌二首

1532　旅行的人路过时
　　　也会沾染上颜色
　　　盛开的胡枝子啊

1533　望伊香山的原野
　　　盛开的胡枝子
　　　想起你家的芒草

1. 伊香山：滋贺县伊香郡木之本町大音附近，距离盐津山（出自笠金村所作的卷三·364）很近。

石川朝臣老夫歌一首

黄花龙芽和胡枝子　　1534
　　折来做礼物
　　送给乞求的少女

藤原宇合[1]卿歌一首

　　心上人何时来　　1535
　　一直等到今天
　　还能见面吗
　　已经刮起秋风

---

1. 藤原宇合：前出，见卷一·72 注释。

缘达师[1]歌一首

1536　昨夜和你相会
　　　今朝无颜见面
　　　名张的原野
　　　胡枝子刚凋落
　　　红叶便出现

---

1. 缘达师：所传不详。《代匠记》记为姓缘的法师。《万叶集私注》认为缘是百济系的姓，达师为名，可能是归化人的后代。

山上忆良咏秋野花二首

秋野上盛开的鲜花 　1537
屈指数来有七种

　　其一。

胡枝子芒草 　1538
葛花红瞿麦
黄花龙芽泽兰
还有牵牛花

　　其二。

天皇¹御制歌二首

1539　秋天抽穗的田野
　　　黎明前的暗夜
　　　大雁鸣叫着飞去

1540　今朝黎明时分
　　　听雁鸣阵阵寒
　　　原野上的茅草
　　　也染上了颜色

1. 天皇：圣武天皇。

大宰帅大伴卿歌二首

我家附近的山岗　　**1541**
　雄鹿前来鸣叫
　向胡枝子求婚[1]
　来鸣叫的雄鹿

我家附近的山岗　　**1542**
　狂风正在呼啸
　胡枝子就要飘散
　有人观赏该多好

---

1. 向胡枝子求婚：古代日本人将胡枝子看作鹿之妻。

上高地之秋　吉田博

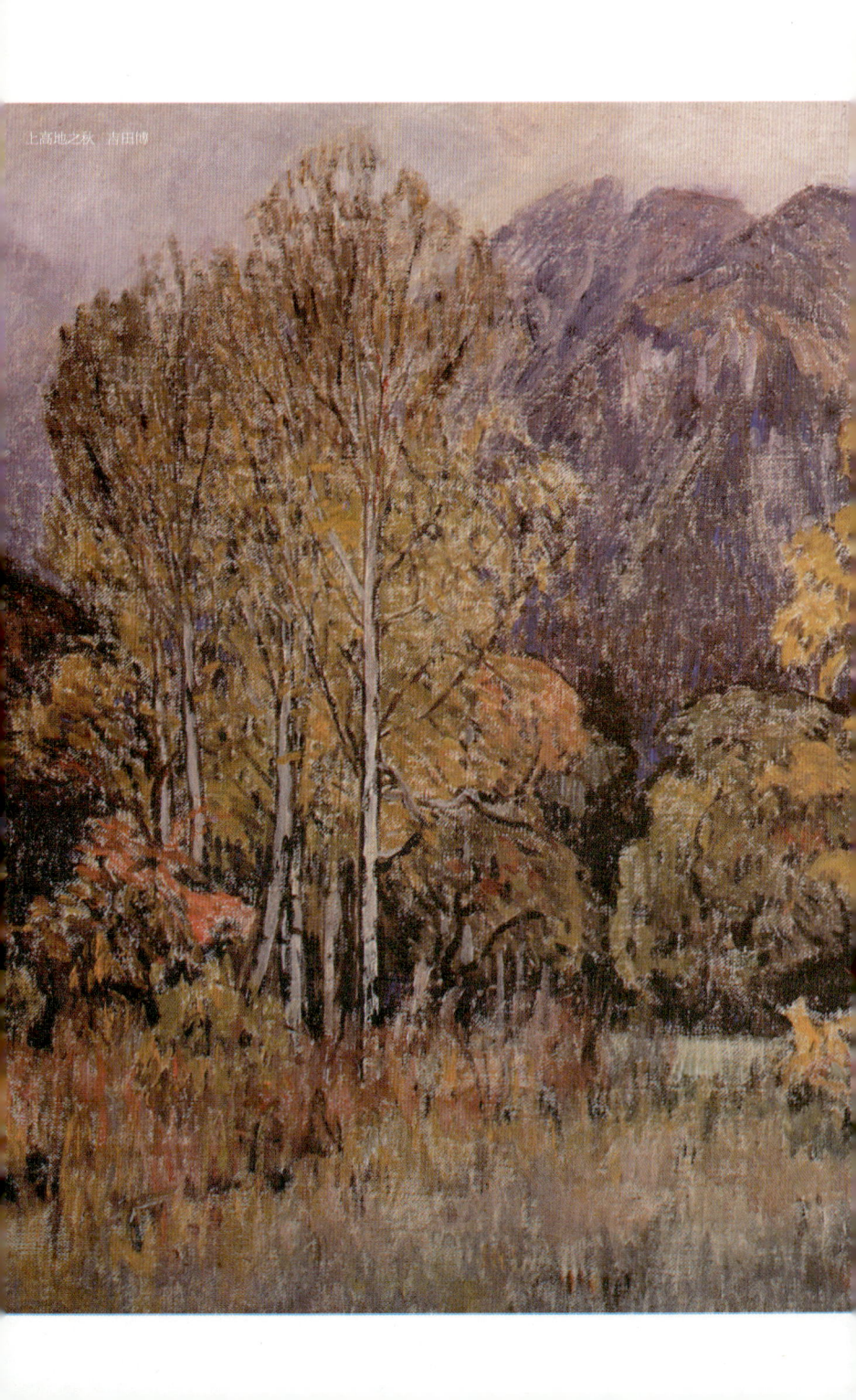

三原王[1]歌一首

是秋露渲染的吧　　　1543
看青山变了颜色

1. 三原王：舍人亲王之子，养老元年（717年），无位升至从四位下。后历任弹正尹、治部卿、大藏卿、中务卿等职。天平十二年（748年）从三位，天平胜宝元年（749年）正三位。同四年（752年）七月，正三位任中务卿时殁。

汤原王[1]七夕歌二首

1544 　与牛郎相比
　　　我的恋情更苦
　　　长夜即将过去

1545 　织女枕袖而眠
　　　黎明时河边白鹤
　　　请不要鸣叫

---

1. 汤原王：前出，见卷三·375 注释。

市原王[1]七夕歌一首

去阿妹家的路上　　1546
　要渡过一条河
　绑船桨的时候
　已经夜阑更深

藤原朝臣八束[2]歌一首

雄鹿在胡枝子上　　1547
　串起的露珠
　谁能轻而易举
　说能缠在手上

---

1. 市原王：前出，见卷三·412注释。
2. 藤原朝臣八束：前出，见卷三·398注释。

大伴坂上郎女晚芽子[1]歌一首

1548　说到开花的时间
　　　开早了太匆忙
　　　开晚了等不及

1. 芽子：又记作"萩"，即胡枝子。

典铸正纪朝臣鹿人[1]，
至卫门大尉大伴宿祢稻公[2]迹见庄[3]作歌一首

迹见岗的瞿麦　　1549
我去折满怀
为了奈良的人

1. **典铸正纪朝臣鹿人**：典铸正，是典铸司的长官，负责金银铜铁器的铸造，涂饰、琉璃、玉制品的制作及工匠的管理。纪鹿人，前出，纪女郎之父，见卷四·643旁注。
2. **卫门大尉大伴宿祢稻公**：卫门大尉，是卫门府的三等官。大伴稻公，前出，见卷四·567左注。
3. **迹见庄**：前出，见卷四·723注释。

奈良公園　川瀬巴水

汤原王鸣鹿歌一首

胡枝子凋零时节　　1550
　雄鹿呼唤伴侣
　声音传向远方

市原王歌一首

迎来时节的阵雨已停　　1551
明晨山上会有红叶吧

汤原王蟋蟀歌一首

　月夜心生悲凉　　1552
　白露覆盖庭院
　蟋蟀在鸣叫

卫门大尉大伴宿祢稻公歌一首

1553　阵雨飘洒不绝
　　　三笠山的树梢
　　　染上了颜色

大伴家持和歌一首

1554　三笠山上的红叶
　　　在今天的阵雨里
　　　没有飘散吗

安贵王[1]歌一首

1555　立秋没有几日
　　　黎明风中醒来
　　　袖口阵阵寒

---

1. 安贵王：前出，见卷三·306 注释。

忌部首黑麻吕[1]歌一首

秋收的茅庐未拆　　1556

雁鸣阵阵寒

开始降下寒霜

---

1. 忌部首黑麻吕：天平宝字二年（758年），正六位上升至从五位下。天平宝字三年赐姓连，天平宝字六年内史局助。

故乡丰浦寺[1]之尼私房宴歌三首

1557 明日香川绕山丘
在今天的雨中
胡枝子没飘散吧

此一首,丹比真人国人[2]。

1558 故乡的胡枝子
情趣相投的人
一起来观赏

1559 胡枝子花期已过
没有插在头上
就这样归去吗

此二首,沙弥尼等。

1. 故乡丰浦寺:故乡指飞鸟(今奈良高市郡明日香村)。丰浦寺原是苏我氏在明日香村丰浦建的向原寺,再建后称建兴寺,又称广严寺。
2. 丹比真人国人:前出,见卷三·382注释。

落花　上村松園

大伴坂上郎女迹见田庄作歌二首

1560　始见崎的胡枝子
　　　不要在此月飘散

1561　吉隐的猪养山上
　　　雄鹿呼唤伴侣
　　　听了令人羡慕

巫部麻苏娘子雁歌一首

有人听见了吗 1562
大雁从这里飞过
鸣叫呼唤伴侣
令人羡慕不已

大伴家持和歌一首

有人听见了吗 1563
阿妹在询问
大雁真切的叫声
消失在遥远的云间

日置长枝娘子歌一首

1564　如秋日芒草上
　　　落下的露珠
　　　我也将要消失

大伴家持和歌一首

1565　在我的屋前
　　　有大片胡枝子
　　　心上人还没看到
　　　就要纷纷飘散

观赏京都的红叶　水野年方

大伴家持秋歌四首

1566　雨下个不停
　　　云中的雁群
　　　鸣叫着离去
　　　飞过早稻田

1567　云中的大雁
　　　鸣叫着飞过
　　　秋田上的稻穗
　　　心中思恋不已

1568　雨中心情忧郁
　　　出门眺望春日山
　　　已经染上了颜色

1569　雨后月光清澈
　　　不要再有云朵

　　　此四首，天平八年[1]丙子秋九月作。

---

1. 天平八年：736年。

初秋　吉田博

藤原朝臣八束歌二首

1570　身居在此处
　　　春日山在何方
　　　雨天不能出门
　　　只能不断思恋

1571　望春日野的阵雨
　　　高圆山从明天起
　　　能插上红叶吧

白羊寺双溪楼　川瀬巴水

大伴家持白露歌一首

1572　我屋前的芒草
　　　　露珠不消失
　　　　如串串珠玉

大伴利上[1]歌一首

1573　被秋雨打湿
　　　　模样很狼狈
　　　　想念阿妹的家

---

1. 大伴利上：所传不详。也有人认为是大伴村上的误写。

右大臣[1]橘家宴歌七首

云间鸣叫的大雁　　1574
　虽然如此遥远
　为了和你相会
　千里迢迢而来

云中的大雁　　1575
　叫声阵阵寒
　胡枝子的下枝
　变成了红叶

　　此二首。[2]

山岗上逐鹿　　1576
　等待时机捕获
　费尽了心机
　都是为了你

　　此一首，长门守巨曾倍朝臣津岛[3]。

---

1. 右大臣：即橘诸兄。
2. 左注中未注明作者的名字，可能是大伴家持或橘诸兄，但无确证。
3. 长门守巨曾倍朝臣津岛：即长门守巨曾倍朝臣对马，前出，见卷六·1024注释。

1577 秋野的芒草尖
　　　压倒在地上
　　　果然非常有效
　　　能和你相会

1578 大雁今朝飞去
　　　叫声阵阵寒
　　　原野上的茅草
　　　已经染上秋色

　　　此二首，阿倍朝臣虫麻吕。

清晨开门思念　　1579
无奈胡枝子沾露

雄鹿前来鸣叫　　1580
原野上的胡枝子
已经随霜露凋落

此二首，文忌寸马养[1]。
天平十年[2]戊寅秋八月二十日。

1. 文忌寸马养：壬申之乱时的功臣祢麻吕的儿子。因父亲的功绩，他于神龟二年得天皇赐田，正七位下。天平九年（737年）九月，正六位上升至外从五位下，十二月升至外从五位上。历任主税头、筑后守。天平宝字元年（757年），任铸钱长官。翌年升至从五位下。
2. 天平十年：738年。

橘朝臣奈良麻吕结集宴歌十一首

1581　不去用手摘下
　　　凋落令人惋惜
　　　我想把秋天的红叶
　　　插在头发上

1582　为了让稀客观赏
　　　我去折来红叶
　　　不顾正在下雨

　　　此二首，橘朝臣奈良麻吕。

1583　阵雨中红叶飘落
　　　被雨淋湿的你
　　　头插红叶而来

　　　此一首，久米女王[1]。

---

1. 久米女王：天平十七年（745年）五月，无位升至从五位下。其他不详。

诀别 高畠华宵

1584　我心中敬慕的你
　　　如秋山初现的红叶

　　　此一首，长忌寸娘¹。

1585　奈良山峰的红叶
　　　折来立刻凋落
　　　阵雨飘洒不断

　　　此一首，内舍人县犬养宿祢吉男²。

1. 长忌寸娘：长忌寸的女儿，但长忌寸为何人不明。
2. 县犬养宿祢吉男：天平胜宝二年（750年）正六位上，任但马掾。天平宝字二年（758年）从五位下，历任肥前守、上野介。天平宝字八年，任伊予介。此人是橘诸兄之母三千代娘家的人，因此是宴会主持者奈良麻吕的亲戚。

惋惜红叶凋零　　1586
今夜折来插头上
　不必再牵挂

此一首，县犬养宿祢持男。

山上的红叶　　1587
今夜会漂走吗
在山中的河滩里

此一首，大伴宿祢书持。

装扮奈良山的红叶　　1588
今夜折来插头上
　凋落就凋落吧

此一首，三手代人名[1]。

---

1. 三手代人名：三手代为姓，名为名字。所传不详。

百花園之秋　吉田博

落上霜露的红叶 1589
折来插阿妹头上
此后任其凋落

此一首,秦许遍麻吕。

遇上十月的阵雨 1590
红叶会被吹散吧
任凭秋风吹来

此一首,大伴宿祢池主[1]。

惋惜红叶凋落 1591
情趣相投的人们
今夜一同游乐
黎明能不来吗

此一首,内舍人大伴宿祢家持。
以前冬十月十七日,集于右大臣橘卿之旧宅宴饮也。

---

1. 大伴宿祢池主:天平十年(738年),任春宫坊少属,从七位下。天平十八年前后任越中掾。与当时的国守家持频繁往来赠答和歌。归京后,天平胜宝五年(753年),任右京少进。天平宝字元年(757年),曾参与了橘奈良麻吕的政变,结果不明。

大伴坂上郎女竹田庄[1]作歌二首

1592　收割一小块稻田
　　　居住在茅庐中
　　　让人思念都城

1593　泊濑山上染秋色
　　　好像降下了阵雨

　　　此歌，天平十一年[2] 己卯秋九月作。

1. 竹田庄：今奈良县橿原市东竹田。
2. 天平十一年：739年。

佛前唱歌[1]一首

阵雨不要飘落　　1594
　　山上的红叶
　　凋落让人惋惜

此歌,冬十月,皇后宫[2]之维摩讲[3],终日供养大唐高丽等种种音乐,尔乃唱此歌词。弹琴者市原王、忍坂王(后赐姓大原真人赤麻吕也)、歌子者[4]、田口朝臣家守、河边朝臣东人、置始连长谷等十数人也。

---

1. 唱歌:指和着音乐咏诵的短歌。
2. 皇后宫:当时的皇后是光明子,藤原不比等的女儿,圣武天皇的皇后,孝谦天皇之母。
3. 维摩讲:讲解《维摩经》的法会。
4. 歌子者:即唱歌的人。

大伴宿祢像见[1]歌一首

1595　胡枝子上的露珠
　　　消失就消失吧
　　　能露出颜色吗

大伴宿祢家持到娘子门作歌一首

1596　说是要去看看
　　　你家门前的田
　　　果然非常有效
　　　有明月来相照

---

1. 大伴宿祢像见：前出，见卷四·664 注释。

大伴宿祢家持秋歌三首

秋天的原野上　　　1597
盛开的胡枝子
在秋风中摇曳
又落上了秋露

清晨的原野上　　　1598
雄鹿伫立观望
胡枝子沾满白露

雄鹿用胸脯拨开　　1599
胡枝子才凋落吗
还是时节已过

此歌，天平十五年[1]癸未秋八月，见物色作。

---

1. 天平十五年：743年。

内舍人石川朝臣广成[1]歌二首

1600　雄鹿呼唤伴侣
　　　山下的胡枝子
　　　沾满冰冷的霜露
　　　花期已经过去

1601　贵府前的芒草
　　　抽穗的秋季过去
　　　令人感到惋惜

1. 石川朝臣广成：前出，见卷四·696注释。

四季花鸟　池田孤村

大伴宿祢家持鹿鸣歌二首

1602 思恋伴侣的鹿鸣
在山间回响
只有我一人

1603 近来清晨侧耳倾听
山里回响雄鹿的鸣叫

此二首,天平十五年[1]癸未八月十六日作。

---

1. 天平十五年:743年。

大原真人今城[1]伤惜宁乐故乡歌一首

秋来的春日山　　1604
　能看到红叶
　　奈良的都城
荒废令人惋惜

大伴宿祢家持歌一首

高圆的原野上　　1605
　眼下胡枝子
晓露中开放了吧

---

1. 大原真人今城：自天平末年到天平胜宝年中，历任兵部少丞、上总大掾、兵部大掾等职，天平宝字元年（757年）从五位下，任治部少辅，天平宝字七年左少弁，上野守。天平宝字八年升至从五位上，同年因藤原仲麻吕之乱牵连被除名。宝龟二年（771年）恢复原职。

落叶屏风（局部） 菱田春草

秋相闻

额田王[1]思近江天皇[2]作歌一首

1606　思恋中等待大君
　　　我屋里的竹帘
　　　被秋风吹动

镜王女[3]作歌一首

1607　只是思恋清风
　　　也令人羡慕不已
　　　如果等来了清风
　　　也不会叹息吧

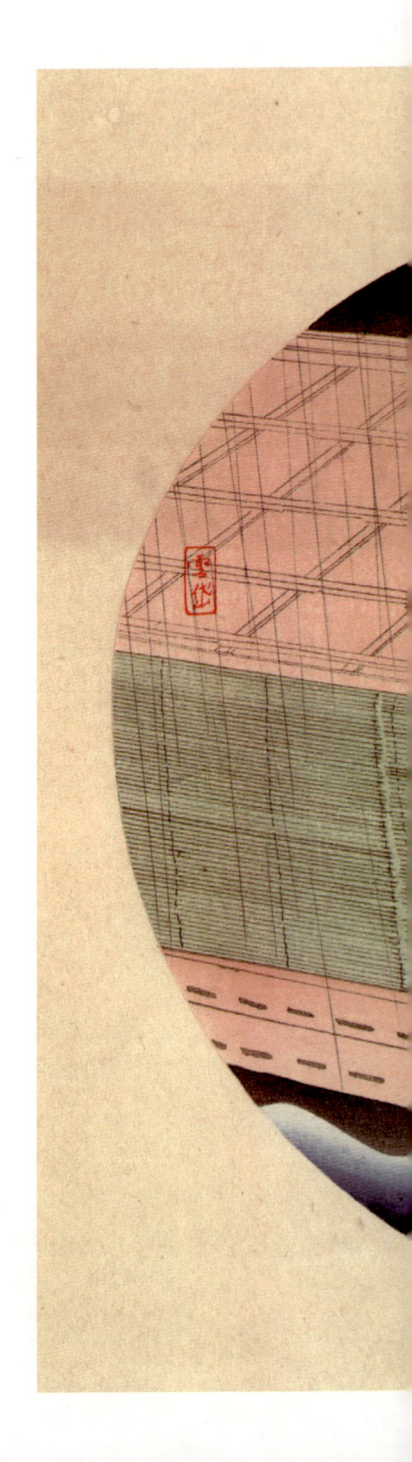

1. 额田王：前出，见卷一·7注释。
2. 近江天皇：即天智天皇。
3. 镜王女：前出，见卷二·91注释。

夜雨　小村雪岱

弓削皇子[1]御歌一首

1608　胡枝子上的露珠
　　　消失了该多好
　　　不必苦苦思恋

丹比真人[2]歌一首
（名缺。）

1609　在宇陀的原野[3]
　　　践踏胡枝子
　　　鸣鹿也思恋伴侣
　　　怎能比得上我

---

1. 弓削皇子：前出，见卷二·111 注释。
2. 丹比真人：丹比为氏，真人为姓，因名缺，不知是何人。
3. 宇陀的原野：奈良县宇陀郡榛原町到大宇陀町一带的原野。

丹生女王[1]赠大宰帅大伴卿歌一首

高圆的秋野上　　1610
盛开的瞿麦花
年轻人插在头上
盛开的瞿麦花

笠缝女王歌一首

（六人部王之女，母曰田形皇女也。）

鹿鸣传到山下　　1611
想听到你的声音
我的心上人啊

---

1. 丹生女王：前出，见卷四·553注释。

入画的最初　竹内栖凤

石川贺系女郎歌一首

已经上了年纪 1612
摆摆样子可以
如果解开纽带
让人感到悲伤

贺茂女王歌一首

（长屋王之女，母曰阿倍朝臣也。）

清晨去秋野的鹿 1613
不留任何踪迹
今夜和你相会

此歌，或云椋桥部女王作，或云笠缝女王作。

远江守樱井王[1]奉天皇[2]歌一首

1614 让九月的大雁传信
　　　听到了我的思念吗

天皇赐报和御歌一首

1615 涌向大浦[3]长浜的浪
　　　近来思念大度的你

---

1. 樱井王：长皇子之孙，被称作风流侍从。和铜七年（714年），无位升至从五位下。天平三年（731年）升至从四位下。天平十六年二月，大藏卿从四位下，得赐名大原真人樱井，并负责留守恭仁宫。卷二十·4478 即以大原樱井真人之名作的歌。天平十一年四月，其兄高安王也得大原真人的赐姓。并似乎一同被降为臣籍。
2. 天皇：即圣武天皇。
3. 大浦：《和名抄》远江国磐田郡有乡名忕宝，在国府的南面。至今还存有于宝村的名字，今已并入静冈县磐田郡福田町及磐田市区域内。

笠女郎[1]赠大伴宿祢家持歌一首

每天清晨都观赏　　1616
我园中的瞿麦花
你能来该多好吗

山口女王[2]赠大伴宿祢家持歌一首

胡枝子上的露珠　　1617
被风纷纷吹落
如止不住的泪水

---

1. 笠女郎：前出，见卷三·395 注释。
2. 山口女王：所传不详，集中共六首短歌，都是赠给大伴家持的。

汤原王¹赠娘子歌一首

1618　愿珠串永不消失
　　　胡枝子上的露珠

大伴家持至姑坂上郎女竹田庄²作歌一首

1619　路途虽然遥远
　　　和亲爱的人儿相会
　　　我已经启程出发

---

1. 汤原王：前出，见卷三·375注释。
2. 竹田庄：前出，见卷八·1592注释。

江村秋霽　川合玉堂

大伴坂上郎女和歌一首

1620　出了新月也没来
　　　梦中也在思恋

　　　此二首,天平十一年[1]已卯秋八月作。

巫部麻苏娘子[2]歌一首

1621　我家的园中
　　　胡枝子盛开
　　　快快来观赏吧
　　　过两天便凋落

---

1. 天平十一年：739年。
2. 巫部麻苏娘子：前出,卷四·703、704也是她的歌作。

大伴田村大娘[1]与妹坂上大娘[2]歌二首

我家的园中　　1622
胡枝子盛开
夕阳的余辉里
现在更想看见
妹妹的身影

望屋前的红枫叶　　1623
无日不思恋妹妹

---

1. 大伴田村大娘：前出，见卷四·756注释。
2. 坂上大娘：前出，见卷三·403注释。

坂上大娘[1]秋稻蔓赠大伴宿祢家持歌一首

1624　我耕作的早稻田
　　　已经开始抽穗
　　　看见我做的花冠
　　　请你想起我

大伴宿祢家持报赠歌一首

1625　你耕作的秋田
　　　早稻穗的花冠
　　　让人看不够

1. 坂上大娘：前出，见卷三·403 注释。

又报脱著身衣[1]赠家持歌一首

眼下秋风正寒　　1626
穿阿妹送的内衣
心中更思念

此三首,天平十一年[2]己卯秋九月往来。

---

1. 脱著身衣:指大伴坂上大娘脱下贴身衣赠予大伴家持。古时日本人表达自己爱意的一种方式。大伴家持以歌相报。
2. 天平十一年:739年。

大伴宿祢家持攀非时藤花[1]并芽子[2]黄叶二物，赠坂上大娘歌二首

1627　园中晚开的紫藤
　　　花朵如此珍贵
　　　我现在就想看到
　　　阿妹的笑容

1628　我屋前的胡枝子
　　　秋风还没有吹起
　　　已经染上了颜色

此二首，天平十二年[3]庚辰夏六月往来。

1. 非时藤花：或早或晚于开花季节。藤花的开花期为晚春或早夏。
2. 芽子：前出，见卷八·1548 注释。
3. 天平十二年：740 年。

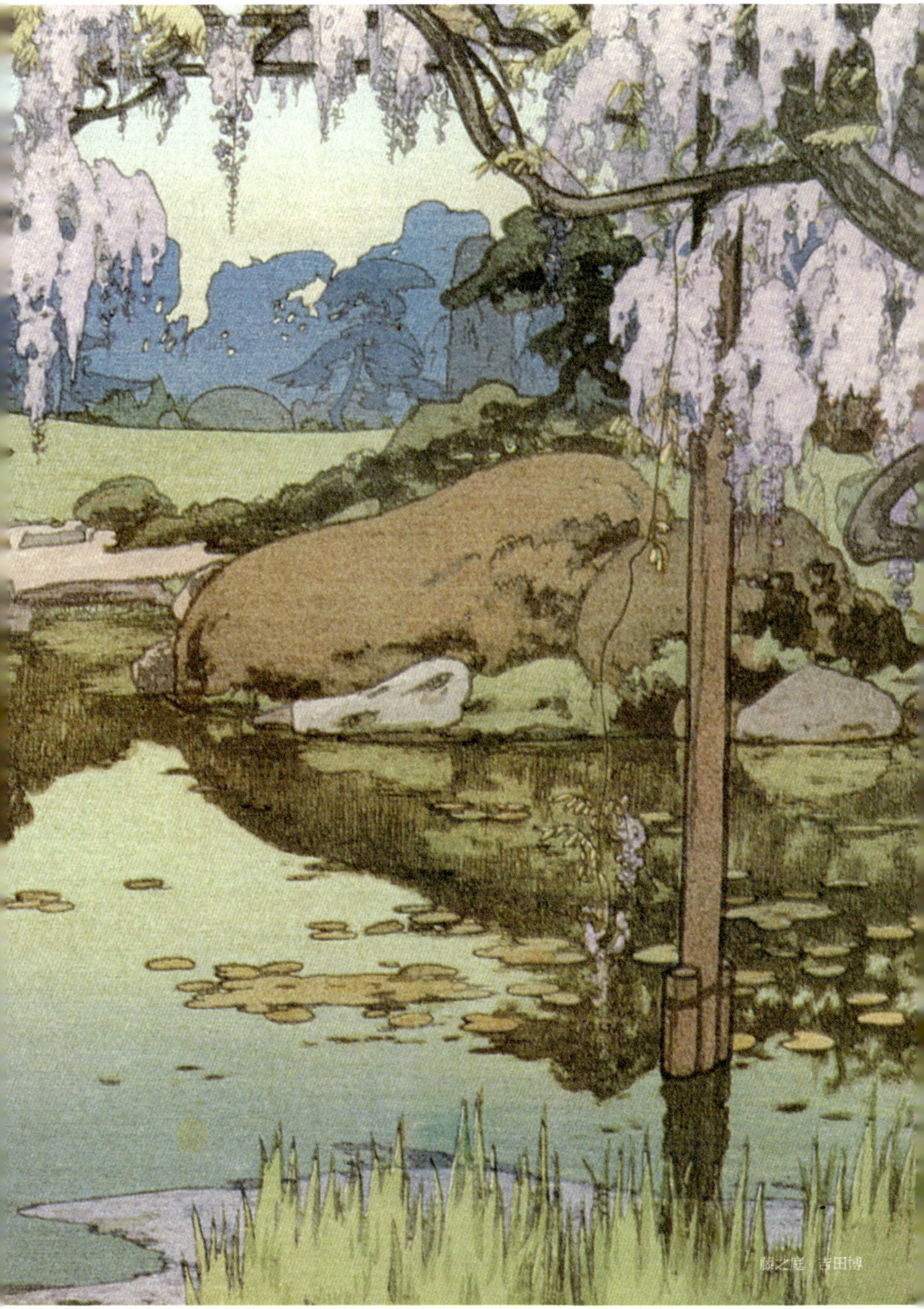

藤之庭 | 吉田博

大伴宿祢家持赠坂上大娘歌一首并短歌

1629　只是细细思量
不知该说什么
也不知该做什么
你和我携手
清晨站在庭园
傍晚整理床铺
交袖相拥而眠
度过多少良宵
山上的鸲雉
朝邻峰呼唤伴侣
身为世间人类
分离一天一夜
也会叹息思恋吧
想起此事心痛
为了排遣愁怀
来到高圆的山野
四下漫步观赏
花儿处处开放
不禁触景生情
如何才能忘记
心中的思念

反　歌

高圆的原野　　1630
盛开的旋花[1]
浮现出你的容颜
让人无法忘记

---

1. 旋花：原文记作"容花"，与下一句的"容颜"相关联。

大伴宿祢家持赠安倍女郎[1]歌一首

1631　新建的久迩京
　　　漫长秋夜中独寝
　　　心中充满凄苦

大伴宿祢家持从久迩京赠留宁乐宅坂上大娘歌一首

1632　居住在山下
　　　秋风日日吹
　　　心中思恋你

---

1. 安倍女郎：所传不详。前出，卷三有短歌一首（卷三·269），卷四有短歌四首（卷四·505、506、514、516）。

或者[1]赠尼歌二首

双手忙个不停
你种下的胡枝子
怎么也看不够
想让我倾尽心思吗

1633

衣袖沾上水垢
不辞劳苦种田
挂驱赶禽兽的哨子
在田间辛苦守候

1634

1. 或者:某人赠尼歌,作者不明。

尼作头句并大伴宿祢家持所誂[1]尼续末句和歌一首

1635　佐保川的河水（尼作）
　　　引过来种田
　　　割来新稻做饭（家持续）
　　　只有一人享受

1. 所誂：即家持为尼所邀而作歌。

◎ 这是一首由某尼和家持共同作的歌，可以说是最早的连歌形式。尼作了头句，然后邀请家持作末句。

飞驒中山七里 川瀬巴水

冬杂歌

舍人娘子[1]雪歌一首

1636 真神原野[2]的雪啊
　　　不要降得太多
　　　连个家也没有

太上天皇[3]御制歌一首

1637 芒草根朝下苫屋顶[4]
　　　用原木建造新屋
　　　直到千秋万代

---

1. 舍人娘子：前出，见卷一·61和卷三·118注释。
2. 真神原野：奈良县高市郡明日香村飞鸟寺南部一带。
3. 太上天皇：元正天皇。前出，见卷六·974注释。
4. 芒草根朝下苫屋顶：按照日本古人的习俗，搭建临时茅屋时，茅草的根朝上葺。建造正式房屋时，茅根朝下。

日光神橋　川瀬巴水

天皇御制歌一首

1638 奈良山的原木
　　　用来建造房屋
　　　让人住不够

　　　此歌，闻之，御在左大臣长屋王佐保宅¹肆宴御制。

大宰帅大伴卿冬日见雪忆京歌一首

1639 薄薄的雪花儿
　　　铺在地面上
　　　想起奈良京

---

1. 长屋王佐保宅：前出，见卷一・75注释。

大宰帅大伴卿梅歌一首

山岗上梅花盛开 1640
把残雪也看成花朵

角朝臣广弁雪梅歌一首

雪花飘落在 1641
盛开的梅花上
如果送到你身边
会看成是雪花吧

尾道千光寺之坂　川瀬巴水

安倍朝臣奥道[1]雪歌一首

升起重重云雾　　1642
能飘落雪花吗
代替盛开的梅花

---

1. 安倍朝臣奥道：《续日本纪》中记为"息道"。曾一时改为息部氏，后恢复旧氏名。天平宝字六年（762年），正六位上升至从五位下。天平神护元年（765年）授勋六等，天平神护二年升至从四位下。神护景云二年（768年），任左兵卫督。后因罪受罚，宝龟二年（771年）恢复旧位，任内藏头。宝龟五年三月，任但马守从四位下时殁。

若樱部朝臣君足雪歌一首

1643　天空云雾密布
　　　能飘落雪花吗
　　　看原野的杂木林
　　　堆积醒目的雪

三野连石守[1]梅歌一首

1644　拉断树枝会散落
　　　把梅花塞进衣袖
　　　染色就染色吧

1. 三野连石守：所传不详。除此歌外，从卷十七·3890 歌名可知石守曾作为大伴旅人的侍从去过九州。

巨势朝臣宿奈麻吕[1]雪歌一首

园中枯枝上的雪花　　1645
　　竟看成了梅花

小治田朝臣东麻吕雪歌一首

今夜让飞雪打湿　　1646
明天清晨消失后
会让人感到惋惜

---

1. 巨势朝臣宿奈麻吕：或称少麻吕。神龟五年（728年），正六位上升至外从五位下。天平元年（729年）从五位下，任少纳言。天平五年升至从五位上。

忌部首黑麻吕[1]雪歌一首

1647　如梅花从枝头飘落
　　　是风中飞舞的雪花

纪少鹿女郎[2]梅歌一首

1648　不知在十二月里
　　　会飘落雪花吗
　　　梅花快盛开吧
　　　不要只结着花蕾

---

1. 忌部首黑麻吕：前出，见卷六·1008 注释。
2. 纪少鹿女郎：即小鹿，前出，见卷四·643 旁注。

雪中梅　土田麦僊

大伴宿祢家持雪梅歌一首

1649　和今天的飞雪争芳
　　　我家屋前的枝头
　　　梅花正在开放

御在西池¹边肆宴歌一首

1650　池边的松枝上
　　　飞雪不断堆积
　　　明天也能观赏

此一首，作者未详。但竖子阿倍朝臣虫麻吕²传诵之。

---

1. 西池：平城京宫城里的水池。《续日本纪》中有记载，似乎是宫中常举行宴饮的地方。
2. 竖子阿倍朝臣虫麻吕：竖子，指在宫中侍奉的少年，或指内舍人。阿倍虫麻吕，即安倍虫麻吕，前出，见卷四·665注释。

大伴坂上郎女歌一首

近来天天飘雪花   1651
最先开放的梅花
还没有飘散吗

他田广津娘子[1]梅歌一首

不论将梅花折下   1652
还是在枝头观赏
比不上今夜花开

---

1. 他田广津娘子：纪州本、京大本、大矢本等记作池田广津娘子。所传不详。除此歌外，还有卷八·1659。

县犬养娘子依梅发思歌一首

1653 如果你的心情不变
　　 会像先开的花朵
　　 飘落到地上吗

大伴坂上郎女雪歌一首

1654 松荫下茅草上
　　 堆积的白雪
　　 能残留不消融吗

飞弹中山七里　川濑巴水

冬相闻

三国真人人足[1]歌一首

1655 高山菅叶的积雪

就要消融了吗

这无尽的思恋

---

1. 三国真人人足：庆云二年（705年），从六位上升至从五位下。灵龟元年（715年）升至从五位上。养老四年（720年）升至正五位下。

大伴坂上郎女歌一首

酒杯里漂梅花　　1656
伙伴们畅饮后
飘落也无妨

和歌一首

有官家的允许　　1657
不只在今夜畅饮
请梅花不要飘散

此歌，酒者，官禁制称京中间里¹不得集宴。但亲亲一二饮乐听许者²。缘此和人，作此发句³焉。

---

1. 间里：即乡里。
2. 但亲亲一二饮乐听许者：但亲朋一二人饮乐的情况被允许。
3. 发句：在本集中，指短歌前两句的例子有四例。指短歌第一句的例子只有一例。

藤皇后[1]奉天皇[2]御歌一首

1658 你我二人共观赏
　　　飞雪会多么欢喜

他田广津娘子[3]歌一首

1659 杉树上的积雪
　　　让人思恋重重
　　　请你今夜来吧

---

1. 藤皇后：即光明皇后，前出，见卷八·1594 注释。
2. 天皇：即圣武天皇。
3. 他田广津娘子：前出，见卷八·1652 注释。

大伴宿祢骏河麻吕[1]歌一首

　　吹散梅花的寒风　　1660
　　还在耳边回响
　　能和阿妹相逢
　　令人无比欣喜

纪少鹿女郎[2]歌一首

　　月夜绽放的梅花　　1661
　　令人心情开朗
　　我在思恋着你

---

1. 大伴宿祢骏河麻吕：前出，卷三·400 也是他的歌作。
2. 纪少鹿女郎：前出，见卷四·643 旁注。

大伴田村大娘[1]与妹坂上大娘[2]歌一首

1662　雪花容易消融
　　　能生存到今日
　　　是想和你相逢

大伴宿祢家持歌一首

1663　园中雪花飘落
　　　寒冷的深夜里
　　　没有手臂相枕
　　　一个人独眠吗

1. 大伴田村大娘：前出，见卷四·756 注释。
2. 坂上大娘：前出，见卷三·403 注释。